# 沉思录

插图珍藏版

［古罗马］马可·奥勒留（Marcus Aurelius）◎著

何怀宏◎译

*Meditations*

湖南文艺出版社
HUNAN LITERATURE AND ART PUBLISHING HOUSE
博集天卷
CS-BOOKY

图书在版编目（CIP）数据

沉思录 /（古罗马）奥勒留著；何怀宏译 . — 长沙：湖南文艺出版社，2016.1
ISBN 978-7-5404-7417-1

Ⅰ . ①沉… Ⅱ . ①奥… ②何… Ⅲ . ①斯多葛派—哲学理论 Ⅳ . ① B502.43

中国版本图书馆 CIP 数据核字（2015）第 316711 号



**上架建议：青少年阅读 · 经典名著**

**沉思录**

著　　者：［古罗马］马可 · 奥勒留
译　　者：何怀宏
出 版 人：刘清华
责任编辑：薛　健　刘诗哲
监　　制：毛闽峰　李　娜
特约编辑：张宇宏
版权支持：辛　艳
封面设计：张丽娜
内文排版：百朗文化
出版发行：湖南文艺出版社
（长沙市雨花区东二环一段 508 号　邮编：410014）
网　　址：www.hnwy.net
印　　刷：北京嘉业印刷厂
经　　销：新华书店
开　　本：880mm × 1270mm　1/32
字　　数：153 千字
印　　张：9
版　　次：2016 年 1 月第 1 版
印　　次：2016 年 1 月第 1 次印刷
书　　号：ISBN 978-7-5404-7417-1
定　　价：29.00 元

质量监督电话：010-59096394
团购电话：010-59320018

◎马可·奥勒留大帝

# 目录
Contents

# 译者前言

斯多亚派著名哲学家、古罗马帝国皇帝马可·奥勒留（公元121—180），原名马可·阿尼厄斯·维勒斯，生于罗马，其父亲一族曾是西班牙人，但早已定居罗马多年，并从维斯佩申皇帝（69—79年在位）那里获得了贵族身份。马可·奥勒留幼年丧父，是由他的母亲和祖父抚养长大的，并且在希腊文学和拉丁文学、修辞、哲学、法律甚至绘画方面得到了在当时来说最好的教育。他从他的老师那里熟悉和亲近了斯多亚派的哲学（例如爱比克泰德[I]的著作），并在其生活中身体力行。

I 爱比克泰德（Epictetos,，约55—约138），古希腊哲学家，是晚期斯多亚派哲学的代表人物。

还在孩提时期，马可·奥勒留就以其性格的坦率真诚得到了赫德里安皇帝[I]（117—138 年在位）的好感。当时，罗马的帝位常常并不是按血统，而是由选定的过继者来接替的。在原先的继嗣柳希厄斯死后，赫德里安皇帝选定马可·奥勒留的姑父安东尼·派厄斯[II]为自己的继嗣，条件是派厄斯亦要收养马可·奥勒留和原先继嗣的儿子科莫德斯（后名维勒斯）为继嗣。当赫德里安皇帝于 138 年去世时，马可·奥勒留获得了恺撒的称号——这一称号一般是给予皇帝助手和继承者的——并帮助他的姑父治理国家，而在其姑父（也是养父）于 161 年去世时，旋即成为古罗马帝国的皇帝。遵照赫德里安的意愿，他和维勒斯共享皇权，但后者实际上不起重要作用。

马可·奥勒留在位近二十年，这是一个战乱不断、灾难频繁的时期，洪水、地震、瘟疫，加上与东方的安息人的战争、来自北方的马尔克马奈人在多瑙河流域的进逼，以及内部的叛乱，使罗马人口锐减、贫困加深、经济日益衰退，即使马可·奥勒留以其坚定精神和智慧，夙兴夜寐地工作，也不能阻挡古罗马帝国的颓势。在他统治的大部分时间里，尤其是后十年，他很少待在罗马，而是在帝国的边疆或行省的军营里度过。《沉思录》这部写给自己的书，这本自己与自己的十二卷对话，大部分就是在这种鞍马劳顿中写成的。马可·奥勒留与安东尼·派厄斯的女儿福斯蒂娜结婚并生有十一个孩子。据说，他在一个著名的将军、驻叙

---

I 赫德里安（Publius Aelius Traianus Hadrianus），今译“哈德良”，罗马帝国安敦尼王朝第三任皇帝，古罗马“五贤君”之一。

II 安东尼·派厄斯（Antoninus Pius），罗马帝国皇帝，古罗马“五贤君”之一。

利亚的副将卡希厄斯发动叛乱时表现得宽宏大量。但他对基督教徒态度比较严厉，曾颁发过一道反对基督教徒的诏书。公元 180 年 3 月 17 日，马可 · 奥勒留病逝于文多博纳（今维也纳）。

斯多亚派哲学主要是一种伦理学，其目的在于为伦理学建立一种唯理的基础，它把宇宙论和伦理学融为一体，认为宇宙是一个美好的、有秩序的、完善的整体，由原始的神圣的火演变而来，并趋向一个目的。人则是宇宙体系的一部分，是神圣的火的一个小火花，他自己也可以说是一个小宇宙，他的本性是与万有的本性同一的，所以，他应该同宇宙的目的相协调而行动，力图在神圣的目的中实现自己的目的，以求达到最大限度的完善。为此，他必须让自己的灵魂清醒，让理性统率自己，正如它统率世界一样。

所以，斯多亚派对人们的要求是：遵从自然而生活，或者说按照本性生活（nature 有“自然”“本性”两层意义），而所谓自然、本性，实际上也就是指一种普遍的理性，或者说是逻各斯（在某些方面类似于中国的“道”），或者说是一种普遍的法（自然法的概念就是由此而来）。自然——本性——理性——法，不说它们有一种完全等价的意义，至少它们也是相通的，并常常是可以互用的。而作为一种理性存在物的人的自然本性，就是一种分享这一普遍理性的理性，一种能认识这一普遍理性的理性。马可 · 奥勒留在《沉思录》中常常讲到一个人身外和身内的神，讲到身外的神（或者说宙斯）把自身的一部分分给了人的理性灵魂（即身内的神），人凭内心的神，或者说凭自己支配的部分，就能认识身外的神，就能领悟神意。他说的其实也是这个意思。

我们还需要注意的一点是：这里所说的理性主要不是对自然事物的认识，而是道德德性的践履，所以，理性和德性又联系起来了。

总之，在斯多亚派哲学家的眼里，宇宙是一个井然有序的宇宙，世界是一个浑然和谐的世界。正如《沉思录》中所说："所有的事物都是相互联结的，这一纽带是神圣的，几乎没有一个事物与任一别的事物没有联系。因为事物都是合作的，它们结合起来形成同一宇宙（秩序）。因为，有一个由所有事物组成的宇宙，有一个遍及所有事物的神，有一个实体，一种法，一个对所有有理智的动物都是共同的理性，一个真理，如果也确实有一种来自同一根源、分享同一理性运动的尽善尽美的话。"在这个世界上，低等的东西是为了高等的东西而存在的，无生命的存在是为了有生命的存在而存在的，有生命的存在又是为了有理性的存在而存在的。那么，有理性的存在，或者说理性的动物（人）是为何存在的呢？理性动物是彼此为了对方而存在的，所以，在人的结构中首要的原则就是友爱的原则，每个人都要对自己的同类友好，意识到他们是来自同一根源，趋向同一目标，都要做出有益社会的行为。

这样，就把我们引向了人除理性外的另一根本性质——社会性。人是一种理性动物，也是一种政治动物（这里沿用了亚里士多德的说法），一种社会动物。《沉思录》的作者认为，在人和别的事物之间有三种联系：一种是与环绕着他的物体的联系；一种是与所有事物所由产生的神圣原因的联系；一种是与那些和他生活在一起的人的联系。相应地，人也就有三重责任、三重义务，就要处理好对自己的身体和外物、对神或者说普遍的理性、对自己的邻人这三种关系。人对普遍理性的态度前面已经说过了，就是要尊重、顺从和虔诚。对自己的身体和外物，斯多亚派一直评价颇低，基本上认为它们作为元素的结合和分解并没有什么恒久的价值，身体只是我们需要暂时忍受的一副皮囊罢了，要紧的是不要让它妨碍灵魂，不要让它的欲望或痛苦使灵魂纷扰不安。对于我们和邻人的关系、人们的社会生活和交往，斯多亚派则给予了集中的注意，事实上，人的德行就主要体现在这一层面。

一般来说，斯多亚派哲学家都是重视整体、重视义务的。他们认为，人不能脱离社会、脱离整体而存在。使自己脱离他人，或做出反社会的事情来，就好比是使自己变成脱离身体的一只手或一只脚。如果发生了这样的事情，就要致力于使自己与整体重新统一起来。人作为宇宙的一部分、个人作为社会的一部分，对于来自整体的一切事物都要欣然接受，都要满意而勿抱怨，因为，凡是为了整体的利益而必须存在的，对于个体也就不会有害。对于蜂群无害的东西，也不会对蜜蜂有害；不损害国家的事情，也不会损害到公民。《沉思录》的作者说，我们每天都要准备碰到各种各样不好的人，但由于他们是我的同类，我仍然要善待他们。不要以恶报恶，而是要忍耐和宽容，人天生就要忍受一切，这就是人的义务。要恶人不作恶，就像想让无花果树不结果一样是不可能的。我们只要能完成自己的义务就够了，对于其他的事情完全不要操心，我们要表现得高贵、仁爱和真诚。

看来，斯多亚派哲学家对个人的德性、个人的解脱看得比社会的道德改造更为重要，这也许是因为他们觉得自己生活在一个个人无能为力的时代，生活在一个混乱的世界上。所以，他们特别注意区分两种事情：

一种是在我们力量范围之内的事情，一种是不在我们力量范围之内的事情。许多事情，例如，个人的失意、痛苦、疾病、死亡，社会上的丑恶现象等等，往往并不在我的力量范围之内，但是，由于所有对我发生的事情都是符合宇宙理性的，我必须欣然接纳它们。我也可以做在我力量范围之内的事情，这就是按照本性生活，做一个正直、高尚、有道德的人，这是什么力量也不能阻止我的，谁也不能强迫我做坏事。在斯多亚派哲人对德行的强调中确实有许多感人的东西。例如，马可 · 奥勒留谈到：德性是不要求报酬的，是不希望别人知道的，不仅要使行为高贵，而且要使动机纯正，要摈弃一切无用和琐屑的思想。要使自己专注于这样的思想，即当你在思考时，别人问你想什么，你任何时候都能立即坦率地说出来。而且，不仅要思考善，思考光明磊落的事情，还要付诸行动，行动就是你存在的目的，全然不要去谈论一个高尚的人应当具有的品质，而是成为这样的人。

总之，斯多亚派哲人所追求的生活是一种摆脱了激情和欲望、冷静和达观的生活，他们把在他们身上发生的事情都不看成恶，认为痛苦和不安仅仅是来自内心的意见，而这是可以由心灵加以消除的。他们恬淡、自足，一方面坚持自己的劳作，把这些工作看作自己的应分；另一方面又退隐心灵，保持自己精神世界的宁静一隅。斯多亚派哲学的力量可以从它贡献的两个著名代表看出：一个是奴隶出身的爱比克泰德，另一个就是《沉思录》的作者，哲学家皇帝马可 · 奥勒留 · 安东尼。他们的社会地位十分悬殊，精神和生活方式却又相当一致。但是，另一方面，安东尼作为柏拉图所梦想的“哲学家王”，他的政绩、他所治理的国家的状况却和理想状态相去甚远。所以，我们一方面看到斯多亚派哲学精神的巨大力量，看到它如何泯灭社会环境的差别而造成同一种纯净有德的个人生活；另一方面又看到这种精神的极端无力，它对外界的作用、对社会的影响几近于零，因为它本质上确实含有某种清静无为的因素。

此外，我们也看到，斯多亚派的道德原则并不是很明确的。把本性解释为理性，把理性又解释为德性；道德在于按照本性生活，而按照本性的东西就是道德。这里面虽有某种强调理性、普遍和共相的优点，但也有形式化的循环论证的弱点。在斯多亚派哲学中有令人感动的对道德的高扬，也有令人泄气的对斗争的放弃。它也许永远不失为一条退路，但对于朝气蓬勃、锐意进取的人，尤其是对生命力洋溢的青年来说，走这条路还是太早。它还不像基督教，它没有过多的对于彼岸的许诺，而是强调在此岸的德性中自足，但在情感和意绪方面也为基督教的盛行做了某种铺垫和准备。我们大概可以说，斯多亚派哲学能够为一个处于混乱世界、面对道德低潮又感到个人无能为力的人，为一个在个人生活方面遭受挫折和失望（这是永远也免不了的）但又不致于向上帝祈求援手的人，提供最好的安慰，不过也要小心这种安慰变为麻醉。最后，我们也注意到，斯多亚派哲学虽然不可能像有些理论（例如社会契约论）那样对社会制度的变革和改善发生直接的影响，但是，它其中所蕴含的那种胸襟博大的世界主义，那种有关自然法和天赋人权、众生平等的学说，却越过了漫长的时代，对近现代的社会政治理论及实践产生了积极的影响。

美国一位教授、《一生的读书计划》的作者费迪曼认为《沉思录》有一种不可思议的魅力，甜美、忧郁和高贵。我们可以同意他的话，并且说，它的高贵，也许是来自作者对身羁宫廷的自己和自己所处的混乱世界的感受；而它的甜美，则只能是由于作者心灵的安宁和静谧了。这几个特点往往是结合在一起的，比方说，当我们谈到《沉思录》的最后一段，即从人生的舞台退场的一段，我们感到忧郁，因为这就是人的命运，人难逃此劫。即使你觉得你的戏还没有演完，新的演员已经代替你成为主角了，这里的忧郁就像卓别林所演的《舞台生涯》中那些老演员的心情：苦涩而又不无欣慰，黯然而又稍觉轻松。另一方面，我们又感到高贵，因为我们可以体面、庄严地退场，因为我们完成了自己的使命并给新来者腾出了地方。

我们也要记得，《沉思录》是写给自己的，而不是供出版的，而且这里是自己在同自己对话，字里行间常常出现的不是“我……”，而是“你……”，并常常用破折号隔出不同意见。既然是自己与自己的对话，自己说服自己，自然也就不需要过分讲究辞藻，注意效仿和安排结构，而是注意一种思想的深入和行进。有时话没说完又想到别处，并经常看到“但是”这样的转折。我们需要在阅读中记住这些，不然，也许会因为它不是一个精美的体系而感到失望。只要我们让自己的心灵沉静下来，就能够从这些朴实无华的句子中读出许多东西。这不是一本时髦的书，而是一本经久的书，买来不一定马上读，但一定会有需要读它的时候。近两千年前一个人写下了它，再过两千年也一定还会有人去读它。

# 卷一

## 1

从我的祖父维勒斯那里，我学习到弘德和制怒。

## 2

从我父亲[I]的名声及对他的追忆中，我懂得了谦虚和果敢。

## 3

从我的母亲那里，我濡染了虔诚、仁爱和不仅戒除恶行甚而戒除恶念的品质，以及远离奢侈的简朴生活方式。

I 他的亲生父亲：阿尼厄斯·维勒斯。——译者注

## 4

从我的曾祖父那里，我懂得了不要时常出入公共学校，而是要在家里有好的教师；懂得了在这些事情上一个人要不吝钱财。

## 5

从我的老师那里，我明白了不要介入马戏中的任何一派，也不要陷入角斗戏中的党争；我从他那里也学会了忍受劳作、清心寡欲、事必躬亲，不干涉他人事务和不轻信流言诽谤。

## 6

从戴奥吉纳图斯[I]那里，我学会了不使自己碌碌于琐事，不相信术士巫师之言，如驱除鬼怪精灵和类似的东西；学会了不畏惧也不热衷于战斗；学会了让人说话；学会了亲近哲学；我先是巴克斯，然后是坦德西斯、马尔塞勒斯的一个倾听者；我年青时学习写对话；向往卧硬板床和衣粗毛皮。从他那里，我还学会了其他所有属于希腊学问的东西。

I 戴奥吉纳图斯（Diognctus），哲学家、画家，马可·奥勒留的启蒙老师。

## 7

从拉斯蒂克斯[I]那里，我领悟到我的品格需要改进和锻炼，知道不迷误于诡辩的竞赛，不写作投机的东西，不进行繁琐的劝诫，不显示自己训练有素，或者做仁慈的行为以图炫耀；学会了避免辞藻华丽、构思精巧的写作；不穿着出门用的衣服在室内行走，不做别的类似的事；学会了以朴素的风格写信，就像拉斯蒂克斯从锡纽埃瑟给我的母亲写的信一样；对于那些以言辞冒犯我，或者对我做了错事的人，一旦他们表现出和解的意愿，我就乐意与他们和解；从他那里，我也学会了仔细地阅读，不满足于表面的理解，不轻率地同意那些夸夸其谈的人；我亦感谢他使我熟悉了爱比克泰德的言论，那是他从自己的收藏中传授给我的。

## 8

从阿珀洛尼厄斯[II]那里，我懂得了意志的自由和目标的坚定不移；懂得了在任何时候都要依赖理性，而不依赖任何别的东西；懂得了在失子和久病的剧烈痛苦中镇定如常；从他那里，我也清

---

I 朱尼厄斯·拉斯蒂克斯（Junius Rusticus），斯多亚派哲学家，马可·奥勒留的帝师与智囊。

II 阿珀洛尼厄斯（Apollonius），斯多亚派哲学家，马可·奥勒留的老师之一。

楚地看到了一个既坚定又灵活的，在教导人时毫不暴躁的活的榜样，看到了一个清醒的不以他解释各种哲学原则时的经验和艺术自傲的人；从他那里，我也学会了如何从值得尊敬的朋友那里得到好感而又丝毫不显得卑微，或者对他们置若罔闻。

## 9

从塞克斯都[1]那里，我看到了一种仁爱的气质，一个以慈爱方式管理家庭的榜样和合乎自然地生活的观念，看到了毫无矫饰的庄严，为朋友谋利的细心，对无知者和那些不假思索发表意见的人的容忍。他有一种能使自己和所有人欣然相处的能力，以至和他交往的愉快胜过任何奉承，同时，他又受到那些与其交往者的高度尊敬。他具有一种以明智和系统的方式发现和整理必要的生活原则的能力，他从不表现任何愤怒或别的激情，完全避免了激情而同时又温柔宽厚，他能够表示嘉许而毫不啰唆，拥有渊博的知识而毫不矜夸。

◎赫德里安金币

I 塞克斯都（Sextus），斯多亚派哲学家，希腊著名历史学家普卢塔克之孙。

## 10

从文法家亚历山大[I]那里，我学会了避免挑剔，不去苛责那些表达上有粗俗、欠文理和怪异浮夸等毛病的人，而是灵巧地通过回答的方式、证实的方式、探讨事物本身而非词汇的方式，或者别的恰当启示，来引出那应当使用的正确表达。

## 11

从弗朗特[II]那里，我学会了观察仅仅在一个暴君那里存在的嫉妒、伪善和口是心非，知道我们中间那些被称为上流人的一般是相当缺乏仁慈之心的。

## 12

从柏拉图派学者亚历山大[III]那里，我懂得了，若非必要，我不应时常在言谈或信件中对人表示我没有闲暇；懂得了我们并不是总能以紧迫事务为借口来推卸对与自己一起生活的那些人的责任。

---

I 亚历山大（Alexander），修辞学家，马可·奥勒留的希腊文文法教师。
II 弗朗特（Fronto），著名演说家和书简作家，是奥勒留和科莫德斯共同的老师。
III 柏拉图派学者亚历山大（Alexander the Platonic），修辞学家，于公元170年左右成为马可·奥勒留皇帝的秘书。

## 13

从克特勒斯[I]那里，我懂得了，当一个朋友抱怨，即使是无理地抱怨时也不能漠然置之，而是要试图使他恢复冷静；懂得了要随时准备以好言相劝，正像人们所说的多米蒂厄斯和雅特洛多图斯一样；我也懂得了真诚地爱我的孩子。

## 14

从我的兄弟西维勒斯那里，我懂得了爱我的亲人，爱真理，爱正义。从他那里，我知道了思雷西亚、黑尔维蒂厄斯、加图[II]、

◎加图

◎布鲁特斯

I 克特勒斯（Cinna Catulus），斯多亚派哲学家。
II 加图（Marcus Porcius Cato），罗马共和国时期的政治家、演说家，罗马历史上第一个重要的拉丁语散文作家。

戴昂、布鲁特斯[I]；从他那里我接受了一种以同样的法对待所有人、实施权利平等和言论自由平等的政体的思想，和一种最大范围地尊重被治者的所有自由的王者之治的观念；我也从他那里获得一种对于哲学的始终如一和坚定不移的尊重，一种行善的品质，为人随和，抱以善望，相信自己为朋友所爱；我也看到他从不隐瞒他对他所谴责的那些人的意见，他的朋友无须猜测他的意愿：这些意愿是相当透明的。

## 15

从马克西默斯[II]那里，我学会了自制，不为任何东西所左右，在任何环境里和疾病中欢愉如常，在道德品格方面形成一种和蔼和威严的恰当配合；做摆在面前的事情并毫无怨言。我注意到所有人都相信他思如其言，在任何行为中都不抱恶意；他从未表现过奇怪和惊骇，从不匆忙，从不拖延，从不困惑或沮丧，他不以笑声掩饰他的焦虑，也不狂热或多疑。他已习惯于仁慈的行为，随时准备宽恕，避开所有的错误；他给人的印象与其说是不断改

---

I 马尔库斯·朱尼厄斯·布鲁特斯（Marcus Junius Brutus Caepio），罗马共和国晚期的一名元老院议员，曾组织策划了刺杀恺撒的行动。
II 克劳狄乌斯·马克西默斯（Claudius Maximus），斯多亚派哲学家。

善，不如说是一贯公正。我也注意到，任何人都不能认为受到了他的蔑视，或者敢自认是比他更好的人。他也具有一种令人愉快的幽默的本领。

## 16

从我的父亲那里[I]，我看到了一种温柔的气质，和在他经过适当的考虑之后对所决定的事情的不可更改的决心；在世人认为光荣的事情上他毫无骄矜之心，热爱劳作，持之以恒，乐意倾听对公共福利提出的建议；在论功行赏方面毫不动摇，并拥有一种从经验中获得的辨别精力充沛和软弱无力的行动的知识。我注意到他克服了对娈童的情欲；他把自己视为与任何别的公民

◎安东尼·派厄斯

I 这里指他的养父，安东尼·派厄斯皇帝。——译者注

一样平等的公民；他解除了他的朋友要与他一起喝茶，或者在他去国外时必须觐见他的所有义务，那些由于紧急事务而没有陪伴他的人，总是发现他对他们一如往常。我也看到了他仔细探讨所有需要考虑的事情的习惯，他坚持不懈，绝不因对初步印象的满足就停止他的探究；他有一种保持友谊的魅力，不会很快厌倦朋友，同时又不放纵自己的柔情；他对所有环境都感到满足和快乐；能不夸示地见微知著，富有远见；他直接阻止流行的赞颂和一切谄媚；对管理帝国所需要的事务保持警醒，善于量入为出，精打细算，并耐心地忍受由此而来的责难；他不迷信神灵，也不以赏赐、娱乐或奉承大众而对人们献殷勤；他在所有事情上都显示出一种清醒和坚定，不表现任何卑贱的思想或行为，也不好新骛奇。对于幸运所赐的丰富的有益于生命的东西，他不炫耀也不推辞，所以，当他拥有这些东西时，他享受它们且毫不做作；而当他没有这些东西时，他也不渴求它们。没有人能说他像一个诡辩家、一个能说会道的家奴，或者卖弄学问的人，而都承认他是成熟的人、完美的人，不受奉承的影响，能够安排

◎古罗马银币

他自己和别人事务的人。除此之外他尊重那些真正的哲学家，他不谴责那些自称是哲学家的人，同时又不易受他们的影响。他在社交方面也是容易相处的，他使人感到惬意且毫无损人的装腔作势。他对他的身体健康状况有一种合理的关心，他既不是太依恋生命，又不是对个人的形象漠不关心（虽然还是有点漫不经心），但他通过自己的注意，仍然很少需要看医生、吃药或进补品。他很乐意并毫无嫉妒心地给拥有任何特殊才能的人开路，像那些具有雄辩才能或拥有法律、道德等知识的人，他给他们以帮助，使每个人都能依其长处而享有名声；他总是按照他的国家的制度行事并毫不做作。而且，他不喜欢变动不居，而是爱好住在同一个地方，专注于同一件事情，在他的头痛病发作过去之后，他又马上焕然一新，精力充沛地去做他通常的工作。他的秘密不多，而且这很少的一些秘密也都是有关公事的；他在公众观瞻之物和公共建筑的建设中，在他对人民的捐赠中表现出谨慎和节约，因为在这些事情上，他注意的是是否应当做这些事，而不是注意从这些事情上获取名声。他不在不合时宜的时刻洗澡，不喜欢大兴土木营建住宅，也不关注他的饮食、他的衣服的质料和色彩，以及他的奴隶的美貌。他的衣服一般是从他在海滨的别墅罗内姆来的，是从拉努维阿姆来的。我们都知道他是怎样对待请求

◎苏格拉底

他宽恕的塔斯丘佗的收税人的，这就是他总的态度。在他那里，找不到任何苛刻；他分别地考察所有事情，仿佛他有充分的时间，毫不混淆，有条有理，精力充沛，始终一贯。那对苏格拉底[I]的记录也可以用之于他，他能够放弃也能够享受那些东西——这些东西是许多人太软弱以致既不能够放弃又不能够有节制地享受的。而这种一方面能足够强健地承受，另一方面又能保持清醒的品质，正是一个拥有一个完美的、不可战胜的灵魂的人的标志，这正像他在马克西默斯的疾病这件事上所表现的一样。

## 17

我为我有好的祖辈、好的父母、好的姐妹、好的教师、好的同伴、好的亲朋和几乎好的一切而感谢神明。我也为此而感谢神

I 苏格拉底（Socratēs，前469—前399），古希腊哲学家，西方哲学奠基人。

明：我没有卷入对他们任何一个的冒犯。虽然我有这样一种气质，如果有机会，是可能使我做出这种事情的，但是，由于他们的好意，还没有这种机缘使我经受这种考验。而且，我还要感谢神明：我很早就不由我的祖父之妾抚养，我保护了我的青春之美，直到恰当的时间甚至稍稍推迟才来证明我的男性精力；我隶属于一个统治者、一个父亲，他能够从我这里夺去所有的虚骄，而带给我这样的知识，即懂得一个人是可以住在一个不需要卫兵、华衣美食、火把和雕像等东西的宫殿里的，而且一个人有力量过一种私心所好的生活，同时并不因此而思想下贱、行动懈怠，而仍能以和统治者相称的身份来做那些为了公众利益必须做的事情。我感谢神明给了我这样一个兄弟[1]，他能以他的道德品格使我警醒，同时又以他的尊重和柔情使我愉悦；感谢神明使我的孩子既不愚笨又不残废，使我并不熟谙修辞、诗歌和别的学问，假如我看到自己在这些方面取得进展的话，本来有可能完全沉醉于其中的；我感谢神明使我迅速地给予了那些培养我的人在他们看来愿意有的荣誉，而没有延宕他们曾对我寄予的愿我以后这样做的期望（因为他们那时还是年轻的）；我感谢神明使我认识了阿珀洛尼厄斯、

---

1 即科莫德斯。

拉斯蒂克斯、马克西默斯，这使我对按照自然生活，对那种依赖神灵及他们的恩赐、帮助和灵感而过的生活有了清晰而稳固的印象，没有什么东西阻止我立即按照自然生活，然而我还是因为自己的过错，因为没有注意到神灵的劝告（我几乎还可以说是他们的直接指示）而没有做到；我的身体置于这样一种生活以外如此之久，但我从未触摸本尼迪克特或西奥多图斯，在陷入情欲之后，我还是被治愈了。虽然我和拉斯蒂克斯相处时常常会生气，但我总算没有做出会令自己后悔的事情来。虽然我母亲不能尽其天年而终，但她最后的年月是与我在一起度过的；在我希望帮助任何需要帮助的人的时候，或在任何别的场合，我都不感到我缺乏这样做的手段；而对我自己来说却不会有同样的需要，即需要从别人那里得到东西；我有一个十分温顺、深情和朴实的妻子；我有许多优秀的教师来教育我的孩子；通过梦和其他办法，我找到各种药物来治疗咯血和头昏……当我有一种对哲学的爱好时，我没有落入任何诡辩家之手，没有在历史作品上，或者在三段论法的解决上浪费时间，也没有专注于探究天国的现象，而上面所有这些事情都要求有神灵和命运的帮助。

写于格拉努瓦的夸迪部落。

# 卷二

## 1

一日之始就对自己说：我将遇见好管闲事的人、忘恩负义的人、傲慢的人、欺诈的人、嫉妒的人和孤僻的人。他们染有这些品性是因为他们不知道什么是善，什么是恶。但是，我——作为知道善和恶的性质，知道前者是美后者是丑的人；作为知道做了错事的人们的本性是与我相似的，我们不仅具有同样的血液和皮肤，而且分享同样的理智和同样一分神性的人——绝不可能被他们中的任何一个人伤害，因为任何人都不可能把恶强加于我，我也不可能迁怒于这些与我同类的人，或者憎恨他们。因为，我们天生是要合作的，犹如手足、唇齿和眼睑。那么，相互反对就是违反本性了，就是自寻烦恼和自我排斥。

## 2

不论我是什么人，都只是一具小小的肉体、一阵呼吸和对自己的支配部分。丢开你的书吧，不要再让你分心，分心是不允许的。仿佛你现在正濒临死亡，轻视这肉体吧，那只是血液、骨骼和一种网状组织，一种神经、静脉和动脉的结构。再来看看呼吸，它是一种什么东西？空气，并不总是同样的空气，而是每一刻都在排出和再吸入的空气。那第三就是支配部分了：这样来考虑它，你是一个老人，不要再让这成为一个奴隶，不要再像拉线木偶一样做反社会的运动，不要再不满意你现在的命运，或者躲避将来。

## 3

所有从神而来的东西都充满神意。那来自命运的东西并不脱离本性，并非与神命令的事物没有关系和干连。所有的事物都从此流出；此外有一种必然，那是为着整个宇宙的利益，而你是它的一部分。但整体的本性所带来的，对于本性的每一点都是好的，有助于保持这一本性。而现在宇宙是通过各种元素及由这些元素组成的事物的变化保全其存在的。让这些原则对你有足够的力量，让它们总是决定你的意见吧。丢开对书本的渴望，你就能不带着抱怨死去，而是欢乐、真诚地在衷心感谢神灵中死去。

## 4

记住你已经把这些事情推迟得够久了，你从神灵那里得到的机会已够多了，但你没有利用它。你现在终于必须领悟那个你只是其中一部分的宇宙，领悟那种你的存在只是其中一段流逝的宇宙的管理者；你只有有限的时间，如果你不用这段时间来清除你灵感上的阴霾，它就将逝去，你亦将逝去，并永不复返。

## 5

每时每刻都要坚定地思考，就像一个罗马人，像一个拥有完整而朴实的尊严，怀着友爱、自由和正义之情感去做手头要做的事情的人那样。你要摆脱所有别的思想。如果你一生中做的每一件事都仿佛是最后一件事，排除对理性命令的各种冷漠态度和强烈厌恶，排除带有虚伪、自爱和对给你的那一份的不满之情，你就将使自己得到解脱。你看到一个人只要把握多么少的东西就能过一种宁静的生活，就会像神的存在一样，因为就神灵来说，他们不会向注意这些事情的人要求更多的东西。

◎古罗马银币

## 6

你错待了自己，你错待了自己，我的灵魂，而你将不再有机会来荣耀自身。每个人的生命都是足够的，但你的生命已近尾声，你的灵魂却还不去关照自身，而是把你的幸福寄予别的灵魂。

## 7

你碰到的外部事物使你分心吗？给出时间来学习新的和好的东西而停止兜圈子吧。但你也必须避免被带到另一条道路。因为那些在生活中被自己的活动弄得精疲力竭的人也是放浪者，他们没有目标来引导每一个行为，总之，他们的所有思想都是无目的的。

## 8

不要去注意别人心里在想什么，一个人就很少会被看成是不幸福的，而那些不注意他们自己内心活动的人必然是不幸的。

## 9

你必须总是把这些记在心里：什么是整体的本性，什么是我的本性，两者怎么联系，我的本性是一个什么性质的整体的一部分；没有人阻止你说或者做那些符合本性（你是其中的一部分）的事情。

## 10

西奥菲拉斯图斯[I]在他比较各种恶的行为时（这种比较就像一个人根据人类的共同概念所做的比较），像一个真正的哲学家那样说：因为欲望而引起的犯罪比那些因愤怒而引起的犯罪更应该受谴责。因为，因愤怒而犯罪的人看来是因某种痛苦和不自觉的病而失去了理智，但因欲望而犯罪的人是被快乐所压倒，他的犯罪看来更放纵和更懦弱。紧接着，他又以一种配得上哲学的方式说：因快乐而犯的罪比因痛苦而犯的罪更应该受谴责。总之，后者较像一个人首先被人错待，由于痛苦而陷入愤怒；而前者则是被他自己的冲动驱使做出恶事，是受欲望的牵导。

## 11

由于你有可能在此刻辞世，那么相应地调节你的每一种行为和思想吧。如果有神灵存在，离开人世并非一件值得害怕的事情，因为神灵将不会使你陷入恶；但如果他们确实不存在，或者他们不关心人类的事务，那么生活在一个没有神或神意的宇宙中对你意味着什么呢？而事实上他们是存在的，他们的确关心人类的事

I 西奥菲拉斯图斯（Theophrastus，前372—前287），古希腊哲学家、思想家，亚里士多德的弟子，"逍遥学派"领导人，一生著述颇丰。主要代表作品有《植物志》《植物之生长》《人物志》。

情，他们赋予人所有的手段使人不致陷入真正的恶。至于其他的恶，即便有的话，神灵也不会使人陷入其中的。不陷入恶完全是在一个人的力量范围之内的。那不使一个人变坏的事物，怎么能使一个人的生活变坏呢？宇宙的本性忽视这些事情是有可能的，但这不是因为无知，也不是因为有知，亦不是因为防止或纠正这些事情的力量，也不可能是因为它缺少力量或技艺，以致犯了如此大的一个错误——使好事和坏事竟然不加区别地降临于善人和恶人身上。但可以肯定的是，死生、荣辱、苦乐所有这些事情都同样地发生于善人和恶人，它们并不使我们变好或变坏。所以，这些事物既非善亦非恶。

## 12

所有事物消失得多么快呀！在宇宙中是物体本身的消失，而在时间里则是对它们的记忆的消失。这就是所有可感事物的性质——特别是那些伴有快乐的诱惑或骇人的痛苦的事物，或者是那些远播国外的虚浮名声的性质。它们是多么无价值、可蔑视、肮脏、腐烂和易朽啊！所有这些都是理智能力要注意的。理智能力也要注意那些以意见和言论获得名声的人；注意什么是死亡这一事实：如果一个人观察死亡本身，通过反省的抽象力把所有有

◎被火山爆发毁掉的庞培古城壁画

关死亡的想象分解为各个部分，他就将把死亡视为自然的一种运转；如果有什么人害怕自然的运转，那么他只是个稚气未脱的孩子。无论如何，死亡不仅是自然的一种运转，也是一件有利于自然的事情。理智能力也要注意人是怎样接近神的，是通过他的什么部分接近神，以及他的这个部分是在什么时候这样做的。

## 13

没有比这更悲惨的了：一个人旋转着穿越一切，像诗人说的那样打听地下的事情，猜测他的邻人心里的想法，不知道只要专注于他心中的神并真诚地尊奉他就足够了。对心中神的尊奉在于使心灵免于激情和无价值的思想而保持纯洁，不要不满于那来自神灵和人们的东西。因为，来自神灵的东西，因其优越性是值得我们尊敬的；而来自人的东西，因我们与他们是亲族的缘故是我们应当珍重的。有时他们甚至在某种程度上因对善恶的无知而引起我们的怜悯，这种不辨善恶的缺陷并不亚于不辨黑白的缺陷。

## 14

虽然你打算活三千年，活数万年，但还是要记住：任何人失去的不是别的什么生活，而只是他现在所过的生活；任何人所过的也不是别的什么生活，而只是他现在失去的生活。最长和最短的生命就如此成为同一。虽然那已逝去的并不相同，但现在对于所有人都是同样的。所以那丧失的看来就只是一个单纯的片刻。因为一个人不可能丧失过去或未来——一个人没有的东西，有什么人能从他那里夺走呢？这样你就必须把这两件事牢记在心：一是所有来自永恒的事物犹如形式，是循环往复的，一个人是在一百年还是在两千年或无限的时间里看到同样的事物，这对他都是一回事；二是生命最长者和濒临死亡者失去的是同样的东西。因为，唯一能从一个人那里夺走的只是现在。如果这是真的，即一个人只拥有现在，那么一个人就不可能丧失一件他并不拥有的东西。

## 15

要记住一切都是意见。因为犬儒派摩尼穆斯[I]所说的话是很显然的，这句话的用途也是很显然的，只要一个人从这些真实的话中汲取教益。

## 16

人的灵魂的确摧残自身，首先是在它变成宇宙的一个肿块，或者说，就其可能而言变成一个赘生物的时候。因为，为发生的事情烦恼就是使我们自己脱离本性——所有别的事物的本性都包含在这一本性之中。其次，灵魂摧残自身是在它被什么人排斥甚或怀着恶意攻击的时候，那些愤怒的人的灵魂就是这样。第三，灵魂摧残自身是在它被快乐或痛苦压倒的时候。第四，灵魂摧残自身是在它扮演一个角色，言行不真诚的时候。第五，是在它让自己的行动漫无目标，不加考虑和不辨真相地做事的时候，因为甚至最小的事情也只有在参照一个目标来做时才是对的，而理性动物的目标就是要遵循理性和最古老的城邦和政府的法律。

---

I 摩尼穆斯（Monimus the Cynic），古希腊犬儒派哲学家。

## 17

在人的生活中，时间是瞬息即逝的一个点，实体处在流动之中，知觉是迟钝的，整个身体的结构容易分解，灵魂是一个涡流，命运之谜不可解，名声并非根据明智的判断。一言以蔽之，属于身体的一切只是一道激流，属于灵魂的只是一个梦幻，生命是一场战争，一个过客的旅居，身后的名声也迅速落入忘川。那么一个人靠什么指引呢？唯有哲学。而这就在于使一个人心中的神不受摧残，不受伤害，免于痛苦和快乐，不做无目的的事情，而且毫不虚伪和欺瞒，并不感到需要别人做或不做任何事情。此外，接受所有发生在他身上的事情，所有分配给他的份额，不管它们是什么，就好像它们是从那儿——从他自己所来的地方来的；最后，以一种欢乐的心情等待死亡，把死亡看作不是别的，只是组成一切生物的元素的分解。而如果在一个事物不断变化的过程中元素本身并没有受到损害，为什么一个人竟忧虑所有这些元素的变化和分解呢？因为死是合乎本性的，而合乎本性的东西都不是恶。

# 卷三

## 1

我们不仅应当考虑到我们的生命每日每时都在耗费，剩下的部分越来越少，而且应当考虑另一件事情，即如果一个人能活得久些，也没有多大把握说理解力还能继续足以使他领悟事物，还能保持那种努力获得有关神和人的知识和思考的能力。因为他将在排泄、营养、想象和胃口或别的类似能力衰退之前，就开始堕入老年性昏聩，而那种运用我们自己的能力，满足我们义务标准的能力，清晰地区分各种现象的能力，考虑一个人是否应当现在辞世的能力以及诸如此类的能力绝对需要一种训练有素的理性，而这种理性已经整个地衰退了。所以我们必须抓紧时间，这不仅是因为我们在一天天地接近死亡，而且因为对事物的观照和理解力将先行消失。

## 2

我们也应当注意到，甚至在那合乎自然地产生的事物之后出现的事物也令人欣悦和有吸引力。例如，当面包在烘烤时表面出现了某些裂痕，这些如此裂开的部分有某种非面包师目的的形式，但在某种意义上仍然是美的，以一种特殊的方式刺激着食欲。再如无花果，当它们成熟时也会裂开口；成熟的橄榄恰在它们接近腐烂时给果实增添了一种特殊的美。谷穗的低垂，狮子的睫毛，从野猪嘴里流出的泡沫，以及很多别的东西，一个人如果孤立地考察它们，虽然会觉得它们是不够美的，但由于它们是自然形成的事物的结果，所以还是有助于装饰它们，使人心灵愉悦。所以，如果一个人对宇宙中产生的事物有一种感觉和较深的洞察力，那些作为其结果出现的事物在他看来就几乎都是以某种引起快乐的方式安排的。所以，他在观察真正的野兽张开的下颚时，并不比看画家和雕刻家所模仿的少一些快乐，他能在一个老年人那里看到某种成熟和合宜，能以纯净的眼光打量年轻人的魅力和可爱。很多这样的事情都要出现，它们并不使每个人愉悦，而是使真正熟稔自然及其作品的人愉悦。

## 3

希波克拉底[I]在治愈许多病人之后自己病死了。占星家们预告了许多人的死亡，然后命运也把他们攫走。亚历山大[II]、庞培[III]、恺撒[IV]在粉碎数十万计的骑兵和步兵，频繁地把整个城市夷为平地之后，最后也告别了人世。赫拉克利特[V]在大量地思考了宇宙毁于火之后，最后死于水肿病，死时污泥弄脏了全身。虫豸毁了德谟克利特[VI]，别的虫豸杀死了苏格拉底。所有这些意味着什么呢？你上船，航行，近岸，然后下来。如果的确是航向另一个生命，那就不会需要神，甚至在那儿也不需要。但如果是航向一个无知无觉之乡，你将不会再被痛苦和快乐所掌控，不会再是身体的奴隶，而身体有多么下贱，它所服务的对象就有多么优越，因为后者是理智和神性，前者则是泥土和速朽。

---

I 希波克拉底（Hippocratēs，约前460—前377），古希腊医学家，西方医学奠基人，被尊为“医学之父”。

II 亚历山大大帝（Alexander the Great），古马其顿国王，亚里士多德弟子，杰出的政治家和军事家。

III 格奈乌斯·庞培（Gnaeus Pompeius Magnus，前106—前48），古罗马政治家和军事家。

IV 盖乌斯·尤利乌斯·恺撒（Gaius Julius Caesar），罗马共和国末期杰出的政治家和军事家。著有《高卢战记》。

V 赫拉克利特（Heraclitos），古希腊哲学家，爱非斯派的创始人。著有《论自然》。

VI 德谟克利特（Dēmocritos），古希腊哲学家，原子论创始人之一。

◎“医学之父”希波克拉底

◎德谟克利特

◎亚历山大大帝半身像

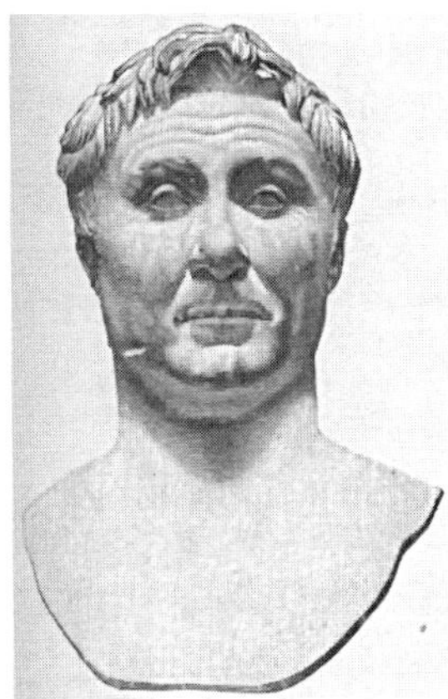

◎格奈乌斯·庞培像

## 4

当你不把你的思想指向公共福利的某个目标时，不要把你剩下的生命浪费在思考别人上。因为，当你有这种思想时，你就丧失了做别的事情的机会。这个人在做什么，为什么做，他说了什么，想了什么，争论了什么，注意所有这些事情将使我们忽略观察我们自己的支配力量。所以我们应当在我们的思想行进时抑制一切无目的和无价值的想法，以及大量好奇和恶意的情感；一个人应当仅仅想这样一些事，即当别人突然问“你现在在想什么”时，你都能完全坦白地直接回答想这个或那个，并且从你的话里清楚地表明你心中的一切都是朴实和仁爱的，都有利于一个社会动物，你是一个全然不关注快乐或感官享受的人，也没有敌意、嫉妒和疑心，或者任何别的你说出来会感到脸红的念头。因为，一个毫不迟疑地如此回答的人属于最好的人之列，犹如神灵的一个使者，他也运用植入他内心的神性，那神性使他不受快乐的玷污，不受痛苦的伤害，不被任何侮辱接触，也不感受任何恶，是最高尚的战斗中的一个战士；他不被任何激情所压倒，深深渴望正义，满心欢喜地接受发生在他身上和作为他的份额而分配给他的一切；他不是经常但也不是无须为了普遍利益来考虑别人的言行和思想。由于唯一属于他的是他为自己的行为做出决定，他不断地思考什么是从事物的总体中分配给他的，怎样使自己的行为正直，说服自己相信分配给他的一份是好的。因为那分配给各人的命运是由各人把握的，命运也把握着他。他也记住每个理性动物都是他的同胞，记住关心所有人是符合人的本性的，一个人不应当听从所有人的意见，而只听从那些明白地按照本性生活的人的意见。但是对于那些不如此生活的人，他总是记住他们在家是什么样的人，离家是什么样的人，白天是什么样的人，晚上是什么样的人；记住他们做什么工作，他们和什么人在一起过一种不纯洁的生活。相应地，他就一点也不看重来自这一类人的赞扬，因为这类人甚至对自己也是不满意的。

## 5

不要不情愿地劳作，不要不尊重公共利益，不要不加适当地考虑，不要分心，不要虚有学问的外表而丧失自己的思想，也不要成为喋喋不休或忙忙碌碌的人。而且，让你心中的神成为一个保护者，一个有生命的存在的保护者，一个介入政治的成熟的男子的保护者，一个罗马人，一个统治者的保护者。这个统治者像一个等待从生活中召唤他的信号的人一样接受了自己的职位，无须誓约也无须别人的证言。同时也欢乐吧，不寻求外在的帮助也不要别人给的安宁。这样，一个人就必然笔直地站立，而不是让别人扶着直立。

## 6

假如你在人类生活中发现什么比正义、真理、节制和坚忍更好的东西，一句话，发现比你自己心灵的自足更好的东西——这种自足能使你在非你选择而分派给你的条件下，按照正确的理性行事，我说，如果你看到了比这更好的东西，就以全部身心转向它，享受那你认为是最好的东西的快乐吧。然而，如果并没有什么东西比这更好，比培植在你心中的神性更好——它检视你所有的爱好，仔细考察你所有的印象，并像苏格拉底所说，使自身摆脱感官的诱惑，把自身交付给神灵并关心人类——如果你发现所有别的一切都不如它，比它价值要低，就不要给别的东西以地位吧，因为如果你一旦走上岔路、倾向于别的东西，你就将不再能够集中精力偏爱那些真正适合并属于你的善的事物了，因为，让任何别的东西——比方说众口称赞、权力或享受快乐——来同那在理性方面、在政治或实践中善的东西竞争是不对的。所有那些东西，即使它们看上去可以在加以限制的条件下使之适应更好的事物，但它们会马上占据优势，把我们带走。所以我说，你要径直选择那些更好的东西，并且坚持它——可是你说，有用的就是更好的——那么好，如果它对作为一个理性存在的你有用，你就坚持它吧；但如果它只是对于作为一个动物的你有用，那就要拒绝它，不要自傲地坚持你的判断，而仅仅关心以一种确当的方法来探究。

## 7

不要把任何这样的事情评价为是对你有利的，即那些使你不守诺言、丧失自尊、憎恨、多疑、苛责、变得虚伪和追求一切需要墙和幕来掩盖的欲望的事情。因为更喜欢自己的理性、神灵并崇拜神灵的人，不扮演悲剧的角色，不呻吟，不需要独处或很多伙伴，最重要的是，他将在生活中不受死的诱惑也不逃避死亡，对于他的灵魂究竟在身体中寄寓多久，他是完全不关心的。因为，即便他必须马上离去，他亦将乐意地离去，就仿佛他要去做别的可以正派和体面地去做的事情一样；他在全部的生命中只关心这一点，即他的思想不要离开那属于一个理智的人、属于一个公民团体的人的一切。

## 8

在一个进行磨炼和净化的人的心灵中，你不会发现任何腐朽、任何不法和任何愈合的伤口，当命运就像人们所说的像演员在剧终前离开舞台一样夺走他时，他的生命并非因此是不完全的。此外，在他心中没有任何奴性，没有任何矫饰，他不是太紧地受缚于其他事物，同时又不是同它们分离，他无所指责，亦无所逃避。

## 9

要尊重产生意见的那种能力。在你的支配部分里是否存在着与理性动物的本性和气质不相容的意见，完全依赖于这种能力的有无。这种能力将使你不致草率判断，使你对人友善，对神服从。

## 10

那么把所有的东西丢开，只执着于这很少数的事情吧；此外还要记住：每个人都生存在现在这个时间里，现在是一个不可分的点，而生命的其他部分不是已经过去就是尚未确定。因此每个人生存的时间都是短暂的，他在地上居住的那个角落是狭小的，最长久的死后名声也是短暂的，甚至这名声也只是被可怜的一代代后人所持续，这些人也将很快死去，他们甚至不认识自己，更不必说早已死去的人了。

## 11

为了强化上面所说的，让我们补充这一段：你对呈现于你的事物下一个定义或做一种描述，以便清楚地从其实体，从其外表，从其完整性来看看它是何种性质的事物，告诉你自己它适当的名称，以及组成它的各种事物（它以后又将分解为这些事物）的名称。因为没有什么比心灵的飞升更具有创造性了，它能系统并真实地考察在生活中呈现于你面前的所有对象，总是凝视着事物以便同时看清这是一个什么性质的宇宙；万事万物在其中各起什么作用，相对于整体各有什么价值，相对于人又各有什么价值（人是至高之城的公民，所有其他的城都像是至高之城的下属）；每一事物是什么，它是由什么东西组成，那现在给我印象的事物又能持续多久，我需要以什么德性对待它，比方说，文雅、果决、真诚、忠实、简朴、满足等等。因此，一个人在任何环境中都应该说，这来自神，是按照命运之线的配置和纺织，或按照巧合和机会这样一些东西而安排的；说这些事是来自与我同一根源的人，来自一个是我的同胞和伙伴却不知道什么事情合乎他本性的人。但是我作为知道什么事情是合乎本性的人，要根据同胞之情的自然法以仁爱和公正待他们。而在同时，对这些我漠然置之的事物，我又要试图确定每一个的价值。

## 12

当你做摆在你面前的工作时，你要认真地遵循正确的理性，精力充沛，宁静致远，不分心于任何别的事情，而保持你神圣的部分纯净，仿佛你必定要直接把它归还似的；若你坚持这一点，无所欲望亦无所畏惧，满足于你现在合乎本性的活动，满足于你说出的每个词和音节中的勇敢的真诚，你就能生存得幸福。没有人能阻止这一点。

## 13

就像医生总是要备好他们的器具和手术刀以待突然需要他们技艺的病人一样，你也要通过回忆那把神和人统一起来的契约而备有一些原则，用来理解有关人和神的事物，知道如何做一切甚至最小的事情。因为，若是你不同时参照神的事物，就不会把有关人的所有事情做好，反之亦然。

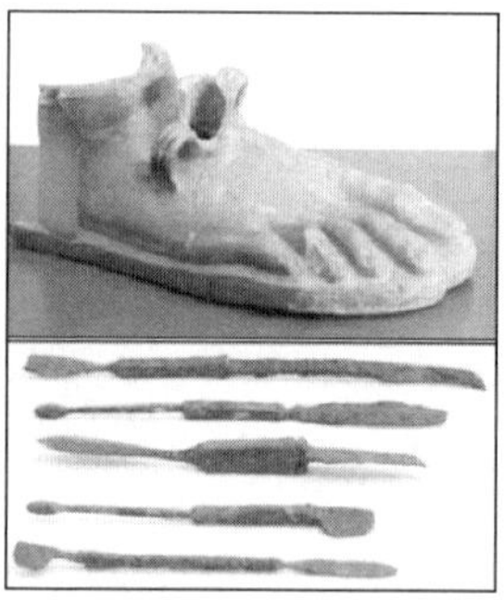

◎古罗马陶制足疗器具和各种手术刀

## 14

不要再随便地游荡，因为你将面临记忆力的衰退，不能再追忆古代罗马人和希腊人的行为，也读不了你为自己的晚年保存的书籍。那么抓紧你前面的最后一些日子，丢开无用的希望，来自己援助自己，如果你完全关心自己的话，而这是在你的力量范围之内的。

## 15

他们不知道有多少事情是通过词语的偷窃、播种和购买来进行的，保持宁静吧，考察应当做什么，因为这不受眼睛而是受另一种观照力的影响。

## 16

身体、灵魂、理智：感觉属于身体，欲望属于灵魂，原则属于理智。通过现象而得到形式的印象——这种能力甚至也为动物所拥有；被一连串的欲望所推动——这既属于野兽也属于把自己变成女人的男人，等于是一个法勒里斯[I]和一个尼禄[II]；拥有指导那看来合

I 古西西里有名的暴君。

II 尼禄·克劳狄乌斯·德鲁苏斯·日耳曼尼库斯（Nero Claudius Drusus Germanicus），罗马帝国皇帝。在位期间，对外积极发展贸易，对内降低赋税，赞助文艺、工程、建筑与发明，经常举办盛大的竞技赛会，并亲自下场参与比赛。在位共14年，后因兵变及城市暴动逃离宫廷自杀身亡。

适的事物的理智——这也属于那些不信神的人，那些背叛祖国、关起门来做坏事的人。如果所有别的事都是我刚提到的这些人所共有的，那么，还留下什么为善良的人们所独有呢？那就是对所有发生的事情，对为他而纺的命运之线感到满意和愉悦；就是不玷污和不以一堆形象搅乱植入他心中的神性，而是使它保持宁静，把它作为一个神而忠顺地服从它，绝不说任何违背真理的话，不做违背正义的事。即使所有人都不相信他过着一种简朴、谦虚和知足的生活，他也绝不对他们中的任何一个人感到愤怒，也不偏离那引向生命的终结的这条道路，循此一个人应当达到纯粹，宁静，乐意离去，没有任何强迫地完全安心于他的命运。

◎罗马帝国皇帝尼禄

# 卷四

## 1

那在我们心中的支配部分，当它合乎本性时是如此对待那发生的事情——使自己总是易于适应那已经存在和呈现于它的东西。因为它不要求任何明确的物质，而是在无论什么条件下都趋向于自己的目标；它甚至从与它对立的东西中为自己获得物质，就像火抓住落进火焰中的东西一样。爝火会被落在它上面的东西压熄，但当火势强大时，它很快就占有和吞噬了投在它上面的东西，借助于这些东西越烧越旺。

## 2

不要无目的地做事，也不要不根据完美的艺术原则做事。

## 3

人们寻求隐退自身，他们隐居于乡村茅屋、山林海滨；你也曾倾向于渴望做这些事情。但这完全是凡夫俗子的一个标记，因为无论什么时候你要退入自身你都可以这样做。因为一个人退到任何一个地方都不如退入自己的心灵更为宁静，更少苦恼，特别是当他心里有这种想法的时候，通过考虑它们，他会马上进入完全的宁静。我坚持认为，宁静不过是心灵的井然有序。那么你不断地使自己做这种隐退吧，更新你自己吧，让你的原则简单而又基本，这样，一旦你要诉诸它们，它们就足以完全地净化心灵，使你排除所有的不满而重返家园。你是对什么不满呢？是对人们的邪恶不满吗？那就让你的心灵回忆起这一结论吧：理性的动物是互相依存的，忍受亦是正义的一部分，人们是不自觉地行恶的；考虑一下有多少人在相互敌视、怀疑、仇恨、战斗之后已经死去而化为灰烬，最终会使你安静下来。——但也许你是不满于从宇宙中分配给你的东西——那么转而回忆一下这一思想：想想要么是神存在，要么是原子，即事物的偶然配合存在；或者想想这些论据，它们证明了这个世界是一个政治社会，那最终会使你安静。——但也许有形的事物还是要抓住你——那么进一步考虑一下，心灵一旦与身体分开，发现了它自己的力量，它就不论是在平缓还是激烈的活动中，都不会使自己与呼吸相混；也再想想你在痛苦和快乐方面所有听到的和赞同的，它们将最终使你安静。——但也许对于所谓名声的欲望将要折磨你——那么看一看一切事物是多么快地被忘却，看一看过去和未来的无限时间的混沌；看一看赞美的空洞，看一看那些装作给出赞扬的人的判断的多变和贫乏，以及赞扬所被限定的范围的狭隘，那么最终使你自己安静吧。因为整个大地是一个点，你居住的地方又是大地上一个多么小的角落啊，在它上面存在的东西是多么的少啊，而要赞扬你的人又是什么样的人呢？

那么仍旧把这些牢记在心：记住退入你自身的小小疆域，尤其不要使你分心或紧张，而是保持自由，像一个人，一个人的存在，一个公民，一个凡人一样去看待事物。在你手边你容易碰到并注意的事物，让它们存在吧，那无非是这两种事物：一种是不接触心灵的事物，它们是外在的，不可改变的，但我们的烦扰仅来自内心

◎古罗马文物残片

的意见；另一种是所有这些事物，你看到它们会很快改变和消失，始终牢记你已经目击过多少这样的变化。宇宙是流变，生活是意见。

## 4

如果我们的理智部分是共同的，那么，就我们是理性的存在而言，理性也是共同的，因此，那命令我们做什么和不做什么的理性也是共同的。因此，也就有一个共同的法则：我们都是同一类公民；都是某种政治团体的成员；这世界在某种意义上就是一个国家。因为有什么人会说整个人类是别的政治共同体的成员？正是从此，从这个共同的政治团体产生出我们真正的理智能力、推理能力和我们的法治能力，否则，它们是从哪里来的呢？因为，正像我身上属土的部分是某种土给予我的，某种属水的部分是从另一种元素得来的，某种炎热如火的部分是从某一特殊源泉而来的（因为没有什么东西是来自无，也没有什么东西会复归于无），所以理性的部分也来自某种源泉。

## 5

死亡像生殖一样是自然的一个秘密，是同一些元素的组合与分解，而全然不是人应当羞愧的事情，因为它并不违反一个理性动物的本性，不违反我们的结构之理。

## 6

这些事由这样一些人做是自然的，这是一种必然的事情，如果一个人不允许这样，就等于不允许无花果树有汁液。但无论如何要把这一点牢记在心：你和他都要在一个很短的时间里死去，不久甚至连你的名字都要被人忘却。

## 7

丢开你的意见，那么你就丢开了这种抱怨："我受到了伤害。"而丢开"我受到了伤害"的抱怨，这伤害也就消失了。

## 8

那并不会使一个人变坏的东西，也不会使他的生活变坏，不会从外部或内部损伤他。

## 9

那普遍有用的东西，其本性让它不得不如此。

## 10

把一切发生的事情都看作正当发生的，如果仔细地观察，你将发现它就是这样。我在此不仅是指事物的连续性，而且指正当本身，仿佛它是由一个分派给每一事物以价值的人所做的。那么像你开始时那样观察，无论你做什么，都参照着善，参照着你将在此意义上被理解为是善的来做它，在一切行动中都贯彻这一点。

## 11

不要对事物抱一种与错待你的人所抱的同样的意见，或者抱一种他希望你有的意见，而是要按其本来面目看待事物。

## 12

一个人应当总是把这两条原则作为座右铭：一条是仅仅做那支配的和立法的理性能力所建议的有关对待人们利益的事情；另一条是如果身边有什么人使你正确和使你摆脱意见，那就改变你的意见。但这种意见的改变必须仅仅来自某种说服，就像对于何为公正或何为合乎共同利益之类问题的说服一样，而不是由于它看来仅仅让人愉快或带来名声。

## 13

你有理性吗？我有。那为什么你不运用它呢？是因为它要走这条路，你却希望别的东西吗？

## 14

你是作为一个部分存在。你将消失于那产生你的东西之中。但更确切地说，你将通过变形而被收回到它的生殖原则中。

## 15

在同一祭坛上的大量乳香：一滴是先前落下的，一滴是后来落下的，而这并不使它们有何区别。

## 16

如果你回到你的原则并崇敬理性的话，过十天你对人们而言就会像一个神，而现在你对他们而言只像一头兽和一只猿。

## 17

不要像你能活一万年那样行动。死亡窥伺着你。当你活着，当行善在你力量范围之内，你行善吧。

## 18

那不去探究他的邻人说什么、做什么或想什么，而只注意他自己所做的，注意那公正和纯洁的事情的人，或者像厄加刺翁所说，那不环顾别人的道德堕落，而只是沿着正直的道路前进的人，为自己免去了多少烦恼啊！

## 19

那对身后的名声有强烈欲望的人没有想到那些回忆他的人也很快都要死去，然后他们的子孙也要死去，直到全部的记忆都通过那些愚蠢地崇拜和死去的人而终归湮灭无闻。但假设那些将记住他的人是永生不死的，因而这记忆将是永恒的，那么这对你又意味着什么呢？我不说这对死者意味着什么，而是说这对生者意味着什么。赞扬，除非它的确有某种用途，此外还是什么呢？由于你现在不合宜地拒绝了自然的这一礼物，而执着于别的一些事物……

## 20

在各方面都美的一切事物本身就是美的，其美是归于自身的，而不把赞扬作为它的一部分。因此被赞扬并不能使一个事物变好或变坏。我坚信这也适用于被平民称为美的事物，例如，物

◎古罗马壁画残片

质的东西或艺术的作品。那真正美的事物除了法则、真理、仁爱或节制之外，不需要任何别的东西。而这些事物哪一个的美是因为它被赞扬才美，或者谴责会使它变丑呢？像祖母绿或者黄金、象牙、紫袍、七弦琴、短剑、鲜花和树丛这样的东西，难道没受到赞扬就会使它们变坏吗？

## 21

如果灵魂继续存在，大气怎么无穷地容纳它们呢？——大地又怎样容纳那些古往今来被埋葬的人的尸体呢？在此正像这些尸体在保持一段时间之后变化一样，不论它们变成什么样子，它们的分解都为别的尸体腾出了空间，那移入空气中的灵魂也是如此，在继续存在一段时间之后便被改变和分解了，通过融入宇宙的一种再生的智慧而获得一种如火焰一样的性质，以这种方式为到达那里的灵魂腾出地方。这就是一个人对灵魂继续存在的这种假设可能给出的回答。但是我们不仅必须考虑如此被埋葬的尸体的数目，而且要考虑每天被我们吃掉的动物以及别的肉食动物的数目。被消费的是多么大的一个数目啊，它们就这样以某种方式被埋葬在那些以它们为食的人的身体中了！不过大地依然通过把身体化为血，化为如空气或火焰一般的元素而接受它们。

在这件事上怎样探究才能接触到真理呢？通过划分质料和形式。

## 22

不要思绪纷乱，而是在每个行为中都尊重正义，对每一印象都坚持运用领悟或理解的能力。

## 23

啊，宇宙，一切与你和谐的东西，也与我和谐。那于你是恰如其时的一切事情，对我也是恰如其时。啊，自然，你的季节所带来的一切，于我都是果实：所有事物都是从你而来，又都复归于你。诗人说，亲爱的西克洛普之城[I]；我是不是也要说，亲爱的宙斯之城?

## 24

哲学家说，如果你愿意宁静，那就请从事很少的事情。但是想一想是否这样说更好：做必要的事情，以及本性合群的动物的理性所要求的一切事情，并且像所要求的那样做。因为这不仅带来由于做事适当而产生的宁静，而且带来由于做很少的事而产生的宁静。因为我们所说和所做的绝大部分事情都是不必要的，一个人如果取消它们，他将有更多的闲暇和较少的不适。因而一个人每做一件事都应当问问自己：这是不是一件必要的事情？一个人不仅应该减少不必要的行为，而且应该丢弃不必要的思想，这样，无聊的行为就不会跟着来了。

## 25

试着使善良的人的生活适合你，即这样的人的生活：他满足于他从整体中得到的一份，满足于他自己的公正行为和仁爱品质。

---

I 指雅典。西克洛普是阿提喀传说中的第一王，而阿提喀的主要城市是雅典。——译者注

## 26

你见过那些事情吗？也要注意观察一下事情的另一面。不要扰乱你自己。要使你十分单纯。有什么人对你行恶吗？那他也是对他自己行恶。有什么事发生在你身上吗？好，那亘古以来宇宙中发生的一切是分配给你和为你纺织的。总之，你的生命是短促的。你必须借助理智和正义而专注于利用现在，在你放松时保持清醒。

## 27

这要么是一个秩序井然的宇宙，要么是一团胡乱聚在一起的混沌，但仍然是一个宇宙。但怎么可能在宇宙中毫无秩序，而在你内心却存在某种秩序呢？当所有事物都如此分离、分散和共振时，在你内心也保持某种秩序。

## 28

一种凶恶的品格，一种懦弱的品格，一种顽固的品格，残忍的、稚气的、动物的、笨拙的、虚伪的、下流的、欺诈的、专横的。

## 29

如果他对宇宙是一个不知道其中有什么的局外人，那么他也是一个不知道其中在进行什么的局外人。他是一个回避社会理性的逃亡者，是一个关闭理解之门的盲人，是一个需要从别人那里而非从自身中汲取对生活有用的所有东西的可怜虫。他是宇宙间的一个赘物，通过不满于发生的事情使自己与我们共同本性的理性分离，因为正是同一本性产生了这些事情，也产生了他：他是从国家中裂出的一块碎片，使自己的灵魂同那融为一体的各个理性动物的灵魂分开。

## 30

一个是没有一件紧身外衣的哲学家，另一个是没有一本书的人，这后一种人也是一个半裸的人。他说，我没有面包，但我与理性同在。——我不从我的学识中获取衣食，我与我的理性同在。

## 31

热爱你所学的艺术吧，不管它可能是多么贫乏，满足于它，像一个用他整个的身心、全部的所有去信赖神的人一样度过你的余生，使你自己不成为任何人的暴君也不成为任何人的奴隶。

## 32

观察一下例如维斯佩申的时代，你将看到所有这些事情：人们婚育、生病、死亡、交战、饮宴、贸易、耕种、奉承、自大、多疑、阴谋、诅咒、抱怨、恋爱、聚财、欲求元老和王者的权力。而这些人的生活现在已全然不复存在了。再看看图拉真[I]的时代，所有的情况也是一样，他们的生命也已逝去。再以同样的方式观察一下别的时代和整个民族，看看有多少人在做出巨大的努力之后很快就倒下，分解成了元素。但是你应当主要想想那些你自己熟知的人，他们使自己分心于无益的事情，而不知道做合乎他们恰当的结构的事情，由此你坚定地坚持自己的结构，满足于它。在此有必要记住，给予一

◎图拉真大帝

I 图拉真（Marcus Ulpius Nerva Trajanus），罗马帝国安敦尼王朝第二任皇帝，古罗马“五贤君”之一。

切事物的注意，有它自己恰当的价值和比例。因为这样你将不会不满足，只要你不过度地使自己注意小事。

## 33

先前熟悉的词现在被废弃了，同样，那些过去声名赫赫的人的名字现在也在某种程度上被忘却了，克米勒斯、恺撒、沃勒塞斯、利奥拉图斯以及稍后的西皮奥、加图，然后是奥古斯都[I]，还有赫德里安和安东尼。因为所有的事情很快就过去了，仅仅变成一种传说，完全的遗忘亦不久就要覆盖它们。我说的这些也适用于那些以各种奇异的方式引人注目的人，至于其余的人，一旦他们呼出最后一口气，他们就死去

◎盖乌斯·屋大维·图里努斯，罗马帝国最伟大的帝王之一，元老院将他封神，并将8月份称为“奥古斯都”（August）月

I 盖乌斯·尤利乌斯·恺撒·奥古斯都（Gaius Julius Caesar Augustus，前63年9月23日—14年8月19日），原名盖乌斯·屋大维·图里努斯（Gaius Octavius Thurinus），罗马帝国的开国君主，统治罗马长达43年。

了，没有人说起他们。总而言之，那种永恒的纪念又是什么呢？只是一种虚无。那么，我们真正应该做出认真努力的是什么呢？只有一件事：正直地思想，友善地行动，诚实无欺并陶冶一种性情，即快乐地把所有发生的事情作为必然的、正常的、来自同一原则和根源的事情来接受。

## 34

自愿地把自己交给克洛托[I]，命运三女神之一，让她随其所愿地把你的线纺成无论什么东西吧。

◎《一根金线》中的命运三女神，右一为克洛托

I 克洛托（Clotho），字面意思为“纺线者”，希腊神话中的命运三女神之一。

## 35

一切都只是持续一天，那记忆者和那被记忆的东西。

## 36

不断地观察所有在变化中被取代的事物，使你习惯于考虑到，宇宙的本性喜欢改变那存在的事物并创造新的类似事物。因为一切现存的东西在某种意义上都是那将要存在的东西的种子。你要考虑的仅仅是撒在大地里或子宫里的种子。——但这是一个很模糊的概念。

## 37

你将不久于人世，但还没有使自己朴素单纯，摆脱烦恼，还没有摆脱对被外在事物损害的怀疑，还没有养成和善地对待所有人的性情，还没有做到使你的智慧仅仅用于正直地行动。

## 38

考察人们心中的支配部分，甚至那些聪明人的这一部分，看看他们避开什么，追求什么。

## 39

对你来说是恶的东西并不存在于别人的支配原则之中，也不存在于你身体的变化和变形之中。那它在什么地方呢？是在你的这一部分。那儿存在着形成有关恶的意见的能力。那么让这种能力不要形成这种意见，一切就都会正常。如果那最接近于它的可怜的身体被割裂、灼伤、化脓和腐烂，也还是要让那形成对这些事的意见的部分保持安静，亦即让它做出这样的判断：能同等地发生在好人和坏人身上的事情绝不是恶。因为，同样发生在违背自然而生活的人与按照自然而生活的人身上的事情，既未有悖于自然，也不顺应自然。

## 40

永远把宇宙看作一个活的东西，具有一副实体和一个灵魂；注意一切事物如何与知觉相关联，与一个活着的东西的知觉相关联；一切事物如何以一种运动的方式活动着；一切事物如何是一切存在的事物的共有原因；也要注意那持续不断的纺线和网的各部分的相互关联。

## 41

你是一个带躯体的小小灵魂，正像爱比克泰德常说的那样。

## 42

事物经历变化并不是坏事，但事物由于变化而保持其存在也不是好事。

## 43

时间好像一条由发生的各种事件构成的河流，而且是一条湍急的河流，因为你刚刚看见一个事物，它就被带走了，而另一个事物又来代替它，而这个也将被带走。

## 44

每一件发生的事情都像春天的玫瑰和夏天的果实一样亲切并且为人熟知，因为疾病、死亡、诽谤、背叛以及任何别的使愚蠢的人欢喜或烦恼的事情就是这样。

## 45

在一连串事物中，跟在后面的总是与前面的那些恰好匹配，因为这一系列并不像一些无关联的事物的单纯列举，仅有必然的次序，而是一种合理的联系：正如一切存在的事物都被和谐地安排在一起一样，新出现的事物不仅表现出继续，并且表现出某种奇妙的联系。

## 46

始终记住赫拉克利特所说：土死变水，水死变气，气死变火，然后循环往复。也想想那忘记了路向何处去的人，想想他们与他们最常接触的人的争吵，想想支配宇宙的理性，以及每日发生的似乎对他们而言是陌生的事情；考虑我们不应当像仿佛我们睡着一般行动和言语（因为甚至在睡眠时我们也有言行）；我们不应当像跟父母学习的孩子一样，仅仅因为我们被教诲而那样行动和言语。

## 47

如果有神告诉你，你将在明天死去，或肯定在后天死去，你将不会太关心是明天还是后天，除非你确实精神极其贫乏，因为这差别是多么微小啊！所以，不要把许多年后死去而非明天死去看成什么大事。

## 48

不断地想这些事：有多少医生在频繁地对病人皱拢眉头之后死去；有多少占星家在提前很久预告了别人的死亡之后也已死去；又有多少哲学家在不断地讨论死亡或不朽之后死去；多少将军在杀了成千上万人之后死去；多少暴君，仿佛他们是不死的一样，在以可怕的蛮横手段使用他们对于人们生命的权力之后死去；又有多少城市，比如赫利斯、庞培、赫库莱尼恩以及别的不可计数的城市被完全毁灭。再把你知道的所有人一个接一个地加在这上面，一个人在埋葬了别人之后死去，另一个人又埋葬了他：所有这些都发生在一段不长的时间里。总之，要始终注意属人的事物是多么短暂易逝和没有价值，昨天是一点点黏液，明天就将成为木乃伊或灰尘。那么就请自然地通过这一小段时间，满意地结束你的旅行，就像一颗橄榄在成熟时掉落一样，感激产生它的自然，谢谢它生于其上的树木。

◎庞培古城的大门

# 49

要像峙立于不断拍打的巨浪之前的礁石，它巍然不动，驯服着它周围狂暴的海浪。

我是不幸的，因为这事对我发生了。——不要这样，而是想我是幸福的，虽然这件事发生了，但我对痛苦始终保持着自由，不为现在或将来的恐惧所压倒。因为像这样的一种事可能对每一个人发生，但不是每一个人在这种场合都能始终使自己免于痛苦。那么为什么不是一件幸事而是一个不幸对我发生呢？你在所有情况下都把那并不偏离人的本性的东西称为一个人的不幸吗？一个事物，当它并不违反人的本性的意志时，你会把它看成对人的本性的偏离吗？好，你知道本性的意志，那这发生的事情将阻止你做一个正直、高尚、节制、明智和不受轻率的意见和错误影响的人吗？难道它将阻止你拥有节制、自由和别的一切好品质吗？人的本性正是在这些品质中获得所有属于它自己的东西。记住在任何可能使你烦恼的场合都采用这一原则：这并非是一个不幸，而高贵地忍受它却是一个幸运。

## 50

回顾那些紧紧抓住生命的人，对于蔑视死亡来说是一个通俗却仍不失为有用的帮助。他们比那些早死的人获得了更多的东西吗？他们肯定最终仍得躺在什么地方的坟墓里。克迪斯亚卢斯、费比厄斯、朱利安卢斯、莱皮德斯或任何类似于他们的人，他们埋葬了许多人，然后是自己被埋葬。总之，生与死之间的距离是很短的，仔细想一下吧，生命是带着多少苦恼，伴随着什么样的人，寄寓于多么软弱的身体而艰难地走过这一距离的，那么就不要把寿命看作一件很有价值的东西，看一看在你之后的无限时间，再看看在你之前的无限时间，在这种无限面前，活三天和活三代之间有什么差别呢？

## 51

总是走直路，直路是自然的，相应地说和做一切符合健全理性的事情。因为这样可以使一个人摆脱苦恼、战争及所有的诡计和炫耀。

# 卷五

# 1

早晨当你不情愿地起床时，让这一思想出现：我正起来去做一个人的工作。如果我是要去做我因此而存在，因此而被带入这一世界的工作，那么我有什么不满意的呢？难道我是为了躲在温暖的被子里睡眠而生的吗？——但这是较愉快的。——那你的存在是为了获取快乐，而全然不是为了行动和尽力吗？你没有看到小小的植物、小鸟、蚂蚁、蜘蛛、蜜蜂都在一起工作，从而有条不紊地尽它们在宇宙中的职分吗？你不愿做一个人的工作，不赶快做那合乎你本性的事吗？——但休息也是必要的。——休息是必要的，但自然也为这确定了界限，它为吃喝规定了界限，但你还是越过了这些限制，超出了足够的范围；而你的行动却不是这样，在还没有做你能做的之前就停止了。所以你不爱你自己，因为，如果你爱，你就将爱你的本性及其意志。那些热爱他们各自技艺的人都在工作中忙得精疲力尽，他们没有洗浴，没有食物；而你对你的本性的尊重却还不如杂耍艺人尊重杂耍技艺、舞蹈家尊重舞蹈技艺、聚财者尊重他的金钱，或者虚荣者尊重他小小的光荣。这些人，当他们对一件事怀有一种强烈的爱好时，宁肯不吃不睡也要完善他们所关心的事情。而在你的眼里，难道有益于社会的行为是讨厌的，竟不值得你劳作吗？

## 2

这是多么容易啊：抵制和清除一切令人苦恼或不适当的印象，迅速进入完全的宁静。

## 3

判断每一种符合你本性的言行，不要受来自任何人的谴责或话语的影响，而如果做和说一件事是好的，不要把它想成对你是无价值的。因为那些人有他们特殊的指导原则，遵循着他们特殊的行动，你不要在意那些事情，而是径直前进，遵从你自己的本性和共同的本性，遵循两者合而为一的道路。

## 4

我按照本性经历所发生的事情，直到我倒下安息，直到我呼出的气息化为我每日吸入的那种元素，直到我倒在这片大地上——我的父亲从它那里收集种子，我的母亲从它那里获得血液，我的奶妈从它那里吸取奶汁，在许多年里我从它那里得到食物和饮料；当我践踏它，为许多的目的滥用它时，它默默地承受着。

## 5

你说，人们不能欣赏你的机智——就算是这样，但也有许多别的事情是你不能这样说的，有许多事情是我先天不适合的。那么展示那些完全在你力量范围内的品质吧：真诚，严肃，忍受劳作，厌恶快乐，满足于你的份额和很少的事物，仁慈，坦白，不爱多余之物，免除轻率的慷慨。你没有看到你马上能展示多少品质吗，那些品质都是你没有借口说是天生无能或不适合的，你还愿意使自己停留在标准之下吗？难道你是先天就不健全以致不能不抱怨、吝啬、谄媚、不满于你可怜的身体、试图取悦于人、出风头和内心紧张不安吗？不，的确，你本来早就可以从这些事情中解脱出来了，除非你的理解力的确天生就相当迟钝和麻木，但你也必须在这方面训练自己，不忽视它也不以你的迟钝为乐。

## 6

有一个人，当他为另一个人做了一件好事，就准备把它作为一种恩惠记到他的账上。还有一个人不准备这样做，但还是在心里把这个人看作他的受惠者，而且他记着他做了的事情。第三个人在某种程度上甚至不知道他所做的，他就像一株生长葡萄的葡萄藤一样，在它一旦结出它应有的果实以后就不寻求更多的东西。一匹马在它奔跑之后，一只狗在它追猎之后，一只蜜蜂在它酿造蜂蜜之后也是这样，所以一个人在他做了一件好事之后，也不应要求别人来看，而是继续做另一件好事，正像一株葡萄藤在下一个季节继续结果一样。——那么一个人必须以某种方式如此行动且不注意它吗？——是的。——但这也是必要的：观察一个人正在做的事情。因为，可以说，察知他正以一种有益社会的方式工作，并的确希望他的社会同伴也察知它是社会动物特征。——你说得对，但你并没有理解现在所说的，因此你将成为我前面说过的那些人中的一个，因为甚至他们也因理性的某种展示而误入歧途。但如果你愿意理解现在所说的话的意义，就不要害怕你将因此忽略任何有益社会的行为。

# 7

雅典人有一种祈祷：降雨吧，降雨吧，亲爱的宙斯，使雨降落到雅典人耕过的土地上，降落到平原上。——我们确实不应当祈祷，不然就应以这种简单高贵的方式祈祷。

◎《宙斯与忒提斯》，（法）安格尔，作于1811年

## 8

正像我们一定理解这样的话：爱斯库拉普给这个人开药方，让他练骑马或洗冷水浴或赤足走路，同样我们也一定理解这样的话：宇宙的本性给这个人开药方，让他生病、损折肢体，丧失亲属或别的这类事情。因为在前一种情况里，开药方的意思是这样的，他为这个人开药方是为了获得健康；在后一种情况里它的意思则是：对每个人发生（或适合于他）的事情，都是以某种方式为他确定的，是与他的命运相适应的。因为这就是我们所谓的事情对我们合适，正像工匠把石头相互适合地联结起来时，说墙壁上或金字塔里的方块石头彼此合适一样。因为这整个就是一种适合与和谐。正如宇宙之所以成为这样的一个物体，乃是由所有个别的物体构成的，同样，必然性（命运）之所以成为这样的一个原因，乃是由于所有的实在的个别原因造成。甚至那些完全无知的人也了解我的意思，因为他们说：它（必然性、命运）给这样一个人带来这样的事情。——那么，就是这件事带给了他，这件事作为药方开给了他。那么，我们就像接受爱斯库拉普的药方一样接受这些事情吧！在他开的药方中当然也有许多并不令人愉快，但由于希望增进健康，我们都接受了。各类事情的完满与成就——这种为共同的本性断定是好的东西，你也把它断定为与你的健康属于同类的吧！要接受发生的每一件事情，即使它看起来不合意，因为它通往宇宙的健康与宙斯（宇宙）的成功和幸福。因为宙斯带给一个人的，如果不是对整体有用，就不会带给他了。不论是什么东西，它的本性都不会引起任何与它所支配的东西不相合的事情。因此，你有两个理由应该满足于对你发生的事情：第一，因为它是为你而发生的，是给你开的药方，并且在某种程度上它与你的关联是源于与你的命运交织在一起的那些最古老的原因；第二，因为即使那个别地降临于每个人的，对于支配宇宙的力量来说也是一种幸福和完满的原因，甚至于就是它继续存在的原因。如果你从各个部分或各个原因的联结与继续中间割断任何事情，整体的完整性就被破坏了。而当你不满意并且以某种方式企图消灭什么事物时，你的确是力所能及地把它割断了。

◎古罗马银币

## 9

如果有的事你根据正确的原则没有做成，不要厌恶，不要沮丧，也不要不满；而是在你失败时又再回去从头做起，只要你所做的大部分事情符合人的本性，就满足了。热爱你所回到的家园，但不要回到哲学仿佛她是一个主人，而是行动得仿佛那些眼疼的人用一点海绵和蛋清，或者像另一个人用一块膏药，或用水浸洗一样。因为这样你将不会在遵守理性方面失败，你将在它那里得到安宁。记住，哲学仅要求你的本性所要求的事情，而你却有那不符合本性的别的什么东西。——你可能反对说，为什么那件事比你正做的这件事更使人愉悦呢？——但这不正是因为快乐在欺骗我们吗？再考虑一下是否慷慨、自由、朴素、镇静、虔诚更令人愉悦。当你想到那依赖于理解和认识能力的一切事物的有保障和幸福的过程，有什么比智慧本身更令人愉悦呢？

## 10

事物是在如此一种包围之中，以至在哲学家们（不是少数的也不是那些普通的哲学家）看来是完全不可解的，甚至对斯多亚派哲学家本身来说也是难于理解的。所有我们的赞同意见都在变动不居之中，哪儿有从不改变的人呢？那么把你的思想带到对象本身，考虑它们的存在是多么短促而无价值吧，它们可能是为一个卑鄙的可怜虫，或一个娼妓、一个强盗所占有。然后再想想那些和你生活在一起的人的道德水平，即使容忍他们中最令人愉悦的人也是几乎不可能的，更不必说容忍一个几乎不能容忍自己的人了。那么在如此的黑暗和肮脏中，在如此不断流动的实体和时间、运动和被推动的物体的急流中，有什么值得高度赞扬甚或值得认真追求的对象呢？我想象不出有这样的对象。反之，顺应自身，等待自然的分解，不为延缓而烦恼，却是一个人的义务，使你在这些中得到安宁吧：一是对我发生的一切事情都是符合宇宙的本性的；二是绝不违反我身外和身内的神而行动是在我的力量范围之内的，因为没有人将迫使我违反。

## 11

我现在要把我自己的灵魂用于什么事情上呢？在任何场合我都必须问自己这个问题，我在我的这一被称为支配原则的部分中拥有什么呢？我现在拥有谁的灵魂呢？是一个孩子的灵魂？抑或一个年轻人、一个软弱的妇人、一个暴君、一只家畜、一头野兽的灵魂？

## 12

我们甚至可以从这个问题中学习：那些在许多人看来是好的事物是一种什么样的事物呢？因为，如果有人把诸如明智、节制、正义、坚定这样一些事物视作真正好的，他在首先抱有这种认识之后就将不耐烦听任何与真正好的东西相抵牾的事物。但如果一个人首先把那多数人认为好的东西理解为好的，那么他就可能把喜剧作家所说的东西作为真正适合的东西来倾听并欣然接受。这样，甚至多数人也会觉出这种差别。因为如果不是这样，当我们听到有关财富、有关促进奢侈和名声的手段的巧妙和机智的说法时，就不会觉得刺耳也不会从一开始就加以拒绝了。那么，接着问问我们自己，你是否重视这些事物，是否认为它们是好的，是否在心里对它们抱有既定的看法之后还可以恰当地应用喜剧作家的话——那占有它们的人，由于纯粹的富足，没有办法使自己得到安宁。

◎庞培古城的壁雕

## 13

◎“形式和质料”理论的提出者——亚里士多德

我是由形式和质料组成的，它们都不会消逝为非存在，正像它们都不可能由非存在变为存在一样。那么我的每一部分就都将被变化带回到宇宙的某一部分，并将再变为宇宙的另一部分，如此生生不息。我也是通过这样一种变化的结果而存在，那些生我的人也是，如此可以按另一方向永远追溯下去。因为没有什么使我不这样说，即使宇宙是根据无数变革的周期来管理的。

## 14

理智和推理艺术（哲学）对于它们自身和自身的工作是一种自足的力量。它们是从一个属于它们自己的第一原则起动的，它们开辟它们的道路直到那规定给它们的终点。这就是这种活动被称为正确活动的原因，这个词表示它们是沿着正确的道路行进的。

## 15

这些事物绝不应当被称为一个人的东西，它们不属于一个作为人的人。它们不需要人，人的本性也不允许产生它们，它们也不是人的本性达到其目的的手段。因而人的目的并不在这些事物之中，那有助于达到这一目的的东西也不在这些事物之中，帮助达成这一目的的东西就是好的东西。此外，如果这些事物中有什么确属于人，一个人轻视和反对它们就是不对的，那表现出他不想要这些事物的人也就不值得赞扬，如果这些事物的确是好的，那么不介入它们的人也就是不好的。但是现在，一个人使自己丧失这些事物或类似的事物愈多，甚至他被剥夺这些事物，他倒愈能耐心地忍受这损失，并在同样的程度上做一个更好的人。

## 16

你惯常的思想是怎样的，你的心灵品格也是怎样的，因为灵魂是由思想来染色的。那么用一系列这样的思想去染你的灵魂：例如，在一个人能够生存的地方，他也能在那里生活得很好。他必须住在一座宫殿里吗？那好，他在一座宫殿里也能生活得很好。再考虑每一事物无论是为了什么目的构成的，它的构成都是为着这一目的的，它都被带往这一目的；它的目的是朝着它被带往的方向的，在那目的所在的地方，也存在着每一事物的利益和善。那么理性动物的善就在于社会，因为我们是为社会而造的，这已在前面说明过了。低等的东西是为高等的东西存在的，这不是很明白吗？而有生命的存在都是优越于无生命的存在的，而在有生命的存在里最优越的又是那有理性的存在。

## 17

寻求不可能的事情是一种发疯，而恶人不做这种事情是不可能的。

## 18

没有什么事情是一个人天性不可忍受的。同样的事情发生于另一个人，或是因为他没看到它们发生，或是因为他表现出一种伟大的精神而使他自己保持坚定和不受伤害。那么无知和欺瞒竟然压倒智慧！这是一种羞愧。

## 19

事物本身不接触灵魂，甚至在最低程度上也不；它们也没有容纳灵魂之处，不能扭转或推动灵魂，灵魂仅仅转向和推动自身，做出一切它认为适合的判断，这些判断是它为自己对呈现于它的事物做出的判断。

## 20

就我必须对人们行善和忍受他们而言，在这方面人是最接近我的存在。但当一些人对我的恰当行为形成障碍时，他们对我就变成了那些中性的事物之一，不异于太阳、风或一头兽。确实，这些人可能阻碍我的行动，但他们并不阻碍我的感情和气质，而这些感情和气质具有限定和改变行为的力量。由于心灵把每一道障碍扭转为对它活动的一种援助，以至一个类似障碍的东西变成对一个行为的推进，一个类似道路上的屏障的东西却帮助我们在这条路上行进。

## 21

尊重宇宙中最好的东西，即利用和指引所有事物的东西。同样，也要尊重你自身最好的东西，它具有跟上面所说的同样的性质。因为那利用别的一切事物的东西也在你自身之中，你的生活受它指导。

## 22

那不损害国家的事情，也不会损害公民。对所有看上去有害的东西都来应用这一规则：如果国家不受其损害，那我也没有受到损害。但如果国家被损害，你不要对损害国家的人愤怒，而是向他展示他的错误。

## 23

经常想想那存在的事物和被产生的事物变化和消失得多么迅速。因为实体就像一条湍急地流动的河，事物的活动处在不断的变化之中，各种原因也在无限的变化之中起作用，几乎没有什么是保持静止的。考虑那接近于你的东西，所有事物都消失于其中的过去和未来的无尽深渊。那么，那自得于这些事物或为它们发愁、把自己弄得很悲惨的人不是很傻吗？因为这些事物仅仅烦扰他一段时间，一段短暂的时间。

## 24

想想普遍的实体，你只占有它很少的一部分；想想普遍的时间，你只分到它一个短暂和不可分的间隔；想想那被命运所确定的东西，你是它多么小的一部分。

## 25

别人对你做了错事吗？让他去注意它吧。他有他自己的气质、自己的活动。我现在有普遍的本性要我有的，我做我的本性现在要我做的。

## 26

让你的灵魂中那一指导和支配的部分不受肉体活动的扰乱吧，无论那是快乐还是痛苦；让它不要与它们联合起来，而是让它自己限定自己，让那些感受局限于它们自身而不影响灵魂。而当这些感情通过那自然地存在于作为一个整体的身体之中的别的同情而出现于心灵之中时，那么你绝不要拼命抵制这种感觉，因为它是自然的，不过不要让自身的支配部分对这一感觉加上它是好的或坏的意见。

## 27

和神灵生活在一起。那不断地向神灵表明他自己的灵魂满足于分派给他的东西的人，表明他的灵魂做内心的神（那么是宙斯作为他的保护和指导而赋予每个人他自身的一份）希望它做的一切事情的人，是和神灵生活在一起的。这就是每个人的理解力和理性。

## 28

你对患有狐臭的人生气吗？你对患有口臭的人生气吗？你怎样善待这一麻烦呢？他有这样一张口，他有这样一个腋窝，这种气味来自这些东西是很自然的。——但据说他有理性，如果他用心想一下，他就能发现他为什么冒犯了别人。——我希望你满意你的发现，那么好，你也有理性，用你的理性能力来刺激他的理性能力，向他指明他的错处，劝诫他吧。因为如果他肯听，你将医治他，但没有必要生气。你非悲剧演员亦非妓女……

## 29

正像你离去时你不想死……所以在此生活是在你的力量范围之内的。但如果人们不允许你活，那么你就放弃生命吧，并仍表现得仿佛你没有受到任何伤害。这屋子烟雾弥漫，我要离开它。你为什么认为这是苦恼呢？只要没有什么东西迫使我出去，我就留下，自由自在，无人阻止我做我所欲的事，我愿意做那符合理性和社会动物本性的事情。

# 30

宇宙的理智是社会性的。所以它为高等的事物创造出低等的事物，并使它们与高等的事物相互适应。你看到它怎样使高下有序，相互合作，分配给每一事物以它适当的份额，把它们结合到一起使之与那最好的事物相和谐。

◎庞培城面包作坊的玉米磨

## 31

你从此将如何表现于神灵、你的父母、兄弟、孩子、教师、那些从小照顾你的人、你的朋友、同胞以及你的奴隶呢？要考虑你是否从此要以这样一种方式表现于所有人，使人可以这样说你：

一个在行为或语言中不犯错误的人
——他从未对人们做事不义，说话不公正。[1]

你要回忆一下你经历过多少事情，你能一直忍受多少困苦，你的生命史现在告终，你的服务现在终止；你又见过多少美丽的事物，你蔑视过多少快乐和痛苦，你拒斥了多少所谓光荣的事情，你对多少心肠不好的庸人表示过和善。

## 32

无能和无知的灵魂怎么会打扰有能力和有知识的人呢？那么什么灵魂有能力、有知识呢？那知道开端和结尾的，知道那隐含在整个实体和在全部时间中以确定的时代（变革）管理着宇宙的理性的灵魂。

---

1 荷马《奥德赛》，第4章，第690行。——译者注

# 33

很快，你就将化为灰尘，或者一具骷髅、一个名称，甚至连名称也没有，而名称只是声音和回声。那些在生活中被高度重视的东西是空洞的、易朽的和琐屑的，像小狗一样互相撕咬，像小孩子们争吵着、笑着，然后又马上哭泣。但忠诚、节制、正义和真理却：

从宽广的大地飞向奥林匹斯山。[1]

◎奥林匹斯山诸神

1 赫西俄德《工作与农时》，第197行。——译者注

如果感觉的对象是容易变化的，从不保持静止，知觉器官是迟钝的，容易得到错误的印象，可怜的灵魂本身是血液的一种嘘气，那么还有什么使你滞留在此呢？是为了在这样一个空洞的世界里有一个好名声。那么你为什么不安静地等着你的结局，不论它是死亡还是迁徙到另一个国家呢？直到那一时刻来临，怎样才是足够的呢？难道不就是崇敬和赞美神灵，对人们行善，实行忍耐和节制？至于那些在可怜的肉体和呼吸之外的一切事物，要记住它们既不是属于你的也不是你力所能及的。

## 34

如果你能走正确的道路，正确地思考和行动，你就能在一种幸福的平静流动中度过一生。这两件事对于神的灵魂和人的灵魂，对于理性存在的灵魂都是共同的，不要受别的事情打扰。好好地坚持正义的气质并实行正义，这样你就能消除你的欲望。

## 35

如果这不是我自己的恶，也不是我自己的恶引起的结果，公共福利也不受到损害，为什么我要为它苦恼呢？什么是对公共福利的损害呢？

# 36

不要不加考虑地被事物的现象牵着鼻子走，而是根据你的能力和是否对他们合适而给所有人以帮助；如果他们蒙受无关紧要的物质上的损失，不要把这想象为一种损害。因为这是一种坏的习惯。例如这个老人，当他离去时，回顾他抚育的孩子的巅峰时期，记住这是巅峰时期，你在这种场合里也要这样做。

当你在讲坛上呼唤，人啊，你忘记了这些事物是什么吗？——是的，但它们是这些人强烈关心的对象——那么你自己也要这样愚蠢地对待这些事物吗？——我曾经是一个幸运的人，但我失去了它，我不知道怎么办。——但幸运只意味着一个人给自己分派了一种好的运气：一种好运气就是灵魂、好的情感、好的行为的一种好的配置。

# 卷六

## 1

宇宙的实体是忠顺和服从的，那支配着它的理性自身没有任何原因行恶，因为它毫无恶意，它也不对任何事物行恶，不损害任何事物。而所有的事物都是根据这一理性创造并完善的。

## 2

如果你在履行你的职责，那么不管你是冻馁还是饱暖，是嗜睡还是振作，是被人指责还是被人赞扬，是垂死还是做别的什么事情，让它们对你都毫无差别。因为这是人生的活动之一，我们赴死要经历这一活动，那么在这一活动中做好我们手头要做的事就足够了。

## 3

返观自身，不要让任何特殊性质及其价值从你这里逃脱。

## 4

所有存在的事物都会很快改变，它们或者要回归于气体，如果整个实体的确是一的话，或者将被分解。

## 5

那支配的理性知道它自己是怎样配置的、它做什么和用什么原料工作。

## 6

亲自报复的最好方式就是不要变成一个像作恶者一样的人。

## 7

在从一个社会活动到另一个社会活动的过程中，只在一件事情中得到快乐和安宁，即想着神。

◎庞培古城壁画

## 8

支配的原则是产生和转变自身的原则，当它使自己成为它现在的样子和它将愿成为的样子时，它也使发生的一切在它看来都如其所愿。

## 9

每个单个的事物都是按照宇宙的普遍本性来完成的，因为，每个事物的确不是按照任何别的本性，即不是按照一个从外面领悟它的本性，或一个在这本性之内领悟它的本性，或一个外在和独立于它的本性——来完成的。

## 10

宇宙要么是一种混乱，一种诸多事物的相互缠结和分散；要么是统一、秩序和神意。如果前者是真，为什么我愿意留在各种事物的偶然结合这样一种无秩序中呢？为什么我除了关心我最终将怎样化为泥土之外还关心别的事情呢？为什么我要因为不管我做什么我的元素最终都是要分解的而烦扰自己呢？而如果后者是真，我便崇拜、坚定地信任那主宰者。

## 11

当你在某种程度上因环境所迫而烦恼时，迅速地转向你自己，一旦压力消失，就不要再继续不安，因为你将通过不断地再回到自身而达到较大的和谐。

## 12

如果你同时有一个后母和一个亲娘，你要对后母尽责，但你还是要时常地回到你的亲娘那里。现在就假设宫廷和哲学是你的后母和亲娘，经常地回到哲学吧，在它那里得到安宁。通过它，你在宫廷中遇到的事情，对你来说就是可忍受的了，你会在宫廷中表现出忍耐。

## 13

当我们面前摆着肉类食物，我们得到这样一些印象：这是一条鱼死去的身体，这是一只鸟或一头猪死去的身体，以及，这种饮料只是一点葡萄汁，这件紫红袍是一些以贝的血染红的羊毛，这些印象就是如此，它们达到了事物本身，贯穿其底蕴，所以我们看到了它们是什么。我们在生活中恰恰应以同样的方式做一切事，对于那些看来最值得我们嘉许的事物，我们应当使它们赤裸，注意它们的无价值，剥去所有提升它们的言辞外衣。因为外表是理智的一个奇妙的曲解者，当你最相信你是在从事值得你努力的事情时，也就是它最欺骗你的时候。可以再考虑一下克拉蒂斯本人对色诺克拉蒂斯所说的。

## 14

群众赞扬的许多事物都属于最一般的物体，是一些通过凝聚力或自然组织结为一体的东西，例如石料、木料、无花果树、葡萄树和橄榄树。而那些被具有较多理性的人们赞扬的事物则可归于由一种生命原则结为一体的东西，如羊群、兽群。那些更有教养的人赞扬的事物则是由一些理性的灵魂结为一体的事物，但这还不是一些普遍的灵魂，而只是在经过某种技艺训练或以别的方式训练过的范围内是理性的，或者仅仅是就它拥有一些奴隶而言是理性的。而那高度尊重一个理性灵魂，一个普遍的适合于政治生活的灵魂的人，却除了下面的事以外不看重任何事情：他超越于所有事物之上，他的灵魂保持在符合理性和社会生活的一种状态和活动之中，他和那些像他一样的人合作达到这一目的。

◎庞培古城壁画——战士塑像

## 15

一些事物迅速地进入存在，另一些事物则飞快地离开存在，而在那些进入存在的事物内部也有一部分已经死灭。运动和变化不断地更新着这个世界，正像不间断的时间进程总是更新着无限持续的时代。那么在这变动不居的急流中，对那飞逝而过的事物，有什么是人可以给予高度评价的东西呢？这正像一个人竟然爱上了一只飞过的鸟雀，却马上就看不见它了一样，每一个人的生命正是这种情况，比方说血液蒸发和呼吸空气。因为事情就是如此，正像我们每时每刻做的那样，我们一旦吸入空气，又马上把它呼出来，你在出生时所得到的一切，也要重新变成那原先的元素。

## 16

植物的叶面蒸发不是一件值得尊重的事情，家畜和野兽的呼吸也不是，通过事物表象得到印象，像木偶一样被欲望推动，聚集兽群，从食物中得到营养，都不是值得尊重的事情，因为这正像切割和分离我们食物中的无用部分一样。那么什么是值得尊重的事呢？是众口称赞的那些事情吗？不，我们绝不能尊重那口舌的称赞，而这来自多数人的赞扬就是一种口舌的称赞。那么假设你放弃了这种无价值的所谓名声，还有什么东西值得尊重呢？我的意见是，按照你恰当的结构推动你自己，限制你自己于所有的职业和技艺都指向的目标。因为每一技艺都指向它，被创造的事物应当使自己适应于其因此而须承担的工作；葡萄种植者、驯马师、驯狗者都追求这一目的。而对年轻人的教育和训练也有此目的，因而教育和训练的价值也就在这里。如果这目的是好的，你将不追求任何别的东西。你还要重视那么多别的东西吗？那么你将不会自由，对于你自己的幸福不会知足，不会摆脱激情。因为这样你必然会是嫉妒的、吝啬的，猜疑那些能夺走这些东西的人，策划反对那些拥有你所重视的这些东西的人。想要这样一些东西的人必定会完全处在一种烦恼不安的状态，此外，他一定会常常抱怨神灵。而尊重和赞颂你自己的心灵将使你满足于自身，与社会保持和谐，与神灵保持一致，亦即赞颂所有他们给予和命令的东西。

## 17

上上下下、前后左右都是元素的运动。而德性的运动却不如此：它是一种更神圣的东西，被一种几乎不可见的东西推动，在它自己的道路上愉快地行进。

## 18

人们的行为是多么奇怪啊，他们不赞扬那些与自己同时代、与自己一起生活的人，却又把使自己被后代赞扬、被那些他们从未见过或永不会见到的人的赞扬看得很重。而这就像你竟然因为前人没有赞扬你而感到悲哀一样可笑之至。

## 19

如果有一件事是你难于完成的，不要认为它对于别人也是不可能的，但如果有什么事对于别人是可能的，是合乎他的本性的，那么想来这也是你能达到的。

◎庞培古城一角

## 20

假设在体育竞技中一个人的指甲抠伤了你的皮肤，或者在冲撞到你的头时使你受了伤，那好，我们不会有什么神经质的表现，不会以为他要杀我们，我们也不会怀疑他是一个背信弃义的伙伴；我们虽然还是会防范他，但无论如何不是作为敌人，也不带猜疑，而是平静地让开。你在你生活的所有别的方面也这样做吧，让我们不要对那些好比是体育场上的对手一样的人多心吧。因为，正如我所说的，不抱任何猜疑或仇恨地让开路是在我的力量范围之内的。

◎古罗马竞技场今貌

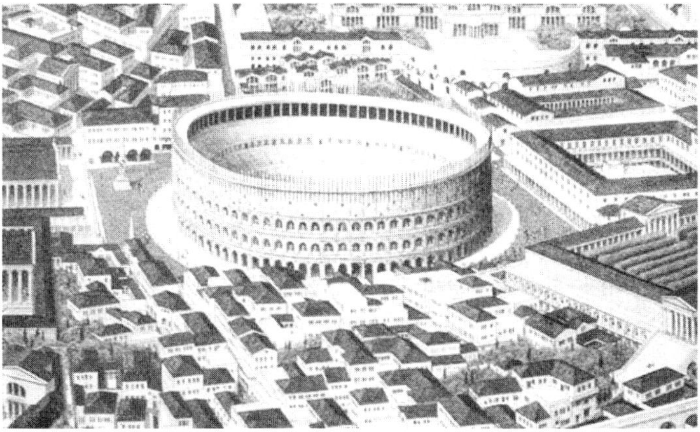

◎古罗马竞技场复原图

## 21

如果有人能够使我相信并向我展示我没有正确地思考和行动，我将愉快地改变自己；因为我寻求的是真理，而任何人都不会受到真理的伤害。而那有过不改和无知的人却要因此受到伤害。

## 22

我履行我的义务，其他的事物不会使我苦恼，因为它们或者是没有生命的物体，或者是没有理性的事物，或者是误入歧途、不明道路的存在。

## 23

对于那没有理性的动物和一般的事物和对象，由于你有理性而它们没有，你要以一种大方和慷慨的精神对待它们。而对于他人来说，由于他们有理性，你要以一种友爱的精神对待他们。在所有的场合都要祷告神灵，不要困窘于你将花多长时间做这事，因为即使如此花去三小时也是足够的。

◎亚历山大大帝

## 24

马其顿的亚历山大和他的马夫被死亡带到了同一个地方，因为他们或者被收入宇宙的同一生殖本原，或者同样地消散为原子。

## 25

考虑一下在一段不可划分的时间里，有多少关系到身体和灵魂的事情对我们每一个人发生，那么你就不要奇怪，在同样的时间里，有更多甚至所有的事物都在那既是一又是全的、我们称之为宇宙的东西中产生和存在。

## 26

如果有人向你提出这个问题："安东尼"这个名字是怎样写的呢？你将不耐烦地说出每个字母吗？而如果他们变得愤怒，你也对他们愤怒吗？你不镇定地继续一个个说出每一个字母吗？那么在生活中也正是这样，也要记住每一项义务都是由某些部分组成的。遵循它们就是你的义务，不要烦恼，不要生气地对待那些生你气的人，继续走你的路，完成摆在你前面的工作。

## 27

不允许人们努力追求那些在他们看来适合他们本性的、有利的事物，是多么残忍啊！但当你因他们行恶而烦恼时，还是要以某种方式不允许他们做这些事。他们被推动做这些事确实是因为他们假设这些事是适合于他们本性的，是对他们有利的，然而情况不是这样。那么教育他们吧，平静地向他们展示他们的错误。

## 28

死亡是感官印象的终止，是欲望系列的中断，是思想的散漫运动的停息，是对肉体服务的结束。

## 29

这是一种羞愧：当你的身体还没有衰退时，你的灵魂就先在生活中衰退了。

## 30

注意你并不是要被造成一个恺撒，你并不是以这种染料染成的，以便这样的事情发生。那么使你自己保持朴素、善良、纯洁、严肃、不做作、爱正义、崇敬神灵、和善、温柔、致力于所有恰当的行为吧。不断努力地使自己成为一个哲学希望你成为的人。尊重神灵，帮助他人。生命是短暂的，一个尘世的生命只有一个果实：一种虔诚的精神和友善的行为。做任何事情都要像安东尼[1]的信徒一样。记住他在符合理性的每一行为中的一贯坚定，他在所有事情上的坦荡，他的虔诚，他的温柔，他面容的宁静，他对虚荣的鄙视，他对理解事物的努力，他如何经手每一件事情都先进行仔细的考察并达到清楚的理解，他如何忍受那些不公正地责备他的人而不反过来责备他们；他从不仓促行事，不信谣言诽谤；他是一个对方法和行为十分精细的考察者，不对愤怒的民众让步，不胆怯，不多疑，不诡辩；在住处、眠床、衣服、食物和仆

1 这里的安东尼指的是奥勒留的姑父安东尼·派厄斯。——译者注

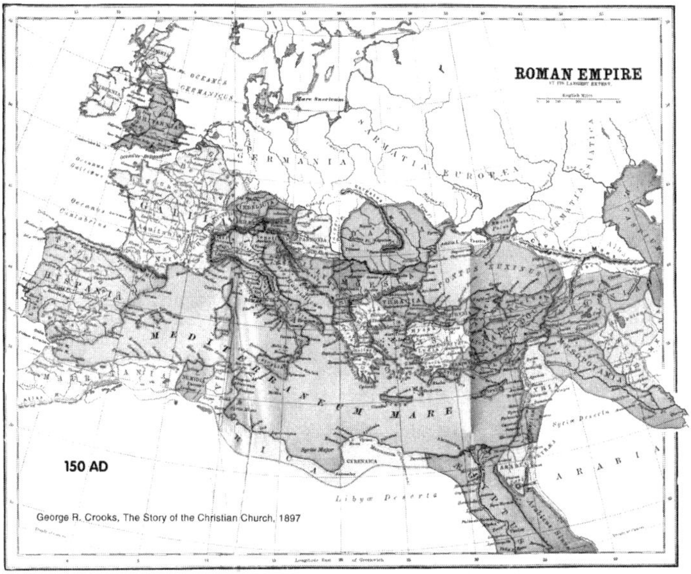


◎安东尼·派厄斯在位时期罗马帝国版图

人方面，很少一点东西就能使他满足；记住他如何能够靠他节俭的一餐而支撑到夜晚，甚至除了在通常的时刻之外不需要任何休息来放松一下；记住他在友谊中的坚定性和一致性，他如何容忍反对他意见的人的言论自由，当有人向他展示较好的事情时他获得的快乐；他不掺任何迷信的宗教气质。要效法所有这些品行以使你能在你最后的时刻来临时，拥有和他一样的良心。

## 31

回到你清醒的感觉，唤回你自身吧；当你从睡眠中醒来，你明白那使你苦恼的只是梦幻，现在，在你清醒的时刻来看待这些（有关你的事）就像你曾那样看待那些（梦）一样。

## 32

我是由一副小小的身体和一个灵魂构成的。所有的事物对于这小小的身体都是漠不相关的，因为它不能感觉出差别。但对于理智来说，只有那些不是它自身活动结果的事物才是漠不相关的。而凡是作为它自身活动结果的事物，都是在它的力量范围之内的。然而，在这些事物中又只有那些现在所做的事是在其力量范围之内的，因为对于将来和过去的心灵活动来说，甚至现在的这些事情也是漠不相关的。

## 33

只要脚做脚的工作，手做手的工作，手脚的劳动就绝不违反本性。所以，对于一个人来说，只要他做的是一个人的工作，他的工作也绝不违反本性。如果这工作不违反他的本性，它对这个人来说就绝非坏事。

## 34

有多少快乐是被强盗、弑父者和暴君享受的啊。

## 35

你没有看到手艺人是如何使自己在某种程度上适应那些不谙他们手艺的人，同时又仍然坚持着他们的技艺的理性（原则）而不忍离开它吗？如果建筑师和医生比人尊重他自己的理性（那是他和神灵共同的理性）更尊重他们自己的技艺的理性（原则），那不是令人奇怪吗？

## 36

亚细亚、欧罗巴是宇宙的一角，所有的海洋是宇宙的一滴。阿陀斯山是宇宙的一小块，所有现存的时间是永恒中的一点。所有的事物都是微小的、变化的、会腐朽的。所有的事物都从那儿来，从宇宙的统治力量中直接产生或者作为后继者出现。因此，狮子张开的大口，有毒的物质，所有有害的东西，像荆棘、烂泥，都是辉煌和美丽的事物的副产品。那么不要以为它们是与你尊崇的事物不同的另一种性质的事物，而是对所有事物的源泉形成一个正确的看法。

## 37

那看见现在事物的人也看见了一切，包括亘古以来发生的一切事物和将永无止境地延续的一切事物，因为一切事物都属于同一系统、同一形式。

## 38

经常考虑宇宙中所有事物的联系和它们的相互关系。因为所有事物都以某种方式互相牵扯着，因而所有事物在这种情况下都是亲密的，因为一事物紧跟在另一事物之后出现，这是由主动的运动和相互的协作以及实体的统一性造成的。

## 39

要使你自己适应命运注定要使你同它们在一起的事物，以及注定要和你生活在一起的那些人，要爱他们，要真正地、忠实地这样做。

## 40

每一种器具、工具、器皿，如果它实现了它被制作的目的，那就是好的，即便制作的人并不在它那里。而在为自然组合的东西里面，制作它们的力量存在着、停留着；因此，更宜于尊重这一力量，并且想，如果你真是按照它的意志生活和行动，那么你心中的一切也都是符合理性的。而宇宙中那些属于它的事物也都是符合理性的。

## 41

如果你假设那不在你力量范围之内的事物对你是好的或坏的，那必然是这样：如果这样一件坏事降临于你或者你丧失了一个好的事物，那你将谴责神灵，也恨那些造成这不幸或损失的人，或者恨那些被怀疑是其原因的人。我们的确做了许多不义的事情，因为我们在这些事物之间做出了好与坏的区别。但如果我们仅仅判断那在我们力量范围之内的事物为好的或坏的，那就没有理由挑剔神灵或者对人抱有某种敌意。

◎庞培古城壁画《萨芙》（Sappho）

## 42

我们都是朝着一个目标而在一起工作的，有些人具有知识和计划，而另一些人却不知道他们在做什么，就像睡眠的人们一样。我想，那是赫拉克利特说的，他说他们在发生于宇宙的事物中是劳动者和合作者。但人们多少都是在勉强地合作，甚至那些充分合作的人，他们也会对那些发生的事情和试图反对和阻挠合作的人不满，因为宇宙甚至也需要这样一些人。那么这一选择仍然留给你，即懂得你把自己放在哪种工作者之列，因为那一切事物的主宰者肯定要正确地用你，他将派你作为劳动者和那些其劳作倾向于一个目的的合作者中的一个。但你不要使自己扮演这一角色，比如克内西帕斯所说的在戏剧中贫乏的可笑的角色。

◎医神爱斯库拉普，蛇夫座的原型

## 43

太阳承担了雨的工作，或者爱斯库拉普承担了果树（大地）的工作吗？那每颗星星又是怎样呢，它们是不同的，但它们不还是一起致力于同一目的吗？

# 44

如果神灵对于我，对于必须发生于我的事情，都已经做出了决定，那么他们的决定便是恰当的，因为即便想象一个没有远见的神都是不容易的。至于说加给我伤害，为什么他们会打算那样做呢？那样做对他们，或者对作为他们特别眷顾的对象的整体，会有什么好处呢？假如他们对我并没有做出个别决定，他们也一定至少对整体做出了决定，在这个总的安排里依次发生的事情，我应该欣然接受，并且满足。但如果他们完全没有决定——相信这一点，乃是一件罪恶的事情，如果我们真相信这一点，就让我们不祭祀，也不祈祷，也不对他们发誓，也不做任何别的好像神灵在面前并且同我们生活在一起时我们所做的事情吧——但是，假如神灵没有决定任何牵涉到我们的事情，我就能自己决定了，就能对有用的事物加以考虑了；符合于一个人自己的气质与本性的，就是对他有用的。但是我的本性是理性的、社会的，就我是安东尼来说，我的城市与国家是罗马；但就我是一个人来说，我的国家就是这个世界。因此，对于这些城市有用的，对我才是有用的。

## 45

无论什么事情发生于每一个人，都是为了宇宙的利益，这可能就足够了。但你要进一步把这视为一个普遍真理，如果你这样做了，那对于任何一个人都有用的东西也就对其他人有用了。但是在此让“有用”这个词表现出像通常所说的中性事物那样的意义，也就是说既非好也非坏。

## 46

正像在圆形剧场或诸如此类的地方发生的情况一样，不断地看同一件东西和千篇一律的表演使人厌倦，在整体生活中也是这样，因为所有在上、在下的事物都是同样的，从同一个地方来的，那么还要看多久呢？

## 47

不断地思考，所有种类的人、所有种类的追求和所有的国家都消失了，以至你的思想甚至回溯到腓力斯逊、菲伯斯、奥里更尼安。现在把你的思想转向其他种类的人，转向你必须退回的地方，那儿有如此多的雄辩家；如此多的高贵哲学家，赫拉克利特、毕达哥拉斯[I]、苏格拉底；如此多的以前时代的英雄，如此多的追随他们的将军，以及暴君；除此之外，还有尤多克乌斯、希帕尔克斯、阿基米德[II]和其他天赋异禀、胸襟博大、热爱劳作、多才多艺和充满自信的人，甚至那些嘲弄人的短暂和速朽生命的人，如门尼帕斯及类似他的人。当想着所有这一切时可以考虑一下他们都早已化为灰尘。那么，这对他们有什么损害呢，这对那些名字完全被人忘掉的人有什么损害呢？在此只有一件事有很高

◎毕达哥拉斯

◎阿基米德

I 毕达哥拉斯（Pythagoras），古希腊数学家、哲学家。
II 阿基米德（Archimedes），古希腊哲学家、百科全书式科学家、数学家、物理学家、力学家，静态力学和流体静力学的奠基人。

◎古希腊百科全书式科学家阿基米德

的价值，那就是真诚和正直地度过你的一生，甚至对说谎者和不公正的人也持一种仁爱的态度。

## 48

当你打算投身快乐时，想想那些和你生活在一起的人的德性，例如某个人的热情，另一个人的谦虚，第三个人的慷慨，第四个人的某一别的好品质。因为当德性的榜样在与我们一起生活的人身上展示，并就其可能充分地呈现自身时，没有什么能比它们更使人快乐的了。因此我们必须把这些榜样置于我们的面前。

## 49

我猜想，你不会因你体重只有这么点利特内[I]而不是300利特内而不满。那么，也不要不满于你必定只活这么些年而不是更长时间，因为，正像你满足于分派给你的身体重量，你也满足于分派给你的时间长度。

## 50

让我们努力说服他们。当正义的原则指向这条路时，要循这条路前行，即使这违背他们的意志。然而如果有什么人用强力挡住你的路，那么使自己进入满足和宁静，同时利用这些障碍来训练其他的德性，记住你的意图是有保留的，你并不欲做不可能的事情。那么你希望什么呢？——某种像这样的努力——而如果你被推向的事情完成了，你就达到了你的目的。

---

I 利特内，古西西里的一种计算单位。——译者注

## 51

一个热爱名声的人把另一个人的行动看作对他自己有利的；热爱快乐的人也把另一个人的行动看作对他自己的感官有利的；但有理智的人则把他自己的行为看作对他自己有利的。

## 52

对一件事不发表任何意见，使我们的灵魂不受扰乱，这是在我们力量范围之内的事情，因为事物本身并没有自然的力量形成我们的判断。

## 53

使你习惯于仔细地倾听别人所说的话，尽可能地进入说话者的心灵。

## 54

那对蜂群不好的东西，对蜜蜂也不是好的。

## 55

如果水手辱骂舵手或病人辱骂医生，他们还会听别人的意见吗，或者舵手能保证那些在船上的人的安全、医生能保障那些他所诊治的人的健康吗？

◎希波克拉底提出了“体液学说”，其医学观点对后世医学的发展有巨大影响

## 56

有多少和我一起进入这世界的人已经离开了人世。

## 57

对于黄疸病患者来说，蜜尝起来是苦的；对于狂犬病患者来说，水会引起恐惧；对于孩子们来说，球是一种好东西。那么我为什么生气呢？你不认为一个错误的意见和黄疸病患者体内的胆汁或狂犬病患者体内的毒素一样有力量吗？

## 58

没有人能阻止你按照你自己的理智本性生活；没有任何违反宇宙理智本性的事情对你发生。

## 59

那些人希望讨好的人是一种什么样的人呢？是因为什么目的，通过何种行为来讨好他们呢？时间要多么迅速地覆盖一切，而且它已经覆盖了多少东西啊！

# 卷七

# 1

什么是恶？它是你司空见惯的。在发生一切事情的时候都把这一点牢记在心：它是你司空见惯的。你将在上上下下一切地方都发现同样的事情，这同样的事物填充了过去时代的历史、中间时代的历史和我们时代的历史，也充斥着现在的城市和家庭。太阳底下无新事。所有事物都是熟悉的、短暂的。

# 2

我们的原则怎么能死去呢？除非那符合于它们的印象（思想）熄灭。但是不断地把这些思想扇成旺盛的火焰是在你的力量范围之内的。我对任何事情都能形成那种我应当形成的意见。如果我能如此，我为什么要烦恼呢？在我的心灵之外的事物跟我的心灵没有任何关系。——让这成为你的感情状态，你就能坚定地站立。恢复你的生命是在你力量范围之内的，再用你过去惯常的眼光看待事物，因为你生命的恢复就在于此。

## 3

无意义的展览，舞台上的表演，羊群，兽群，刀枪的训练，一根投向小狗的骨头，一点丢在鱼塘里的面包，蚂蚁的劳作和搬运，吓坏了的老鼠的奔跑，被操纵的木偶，诸如此类。那么，置身于这些事物之中而表现出一种良好的幽默感而非骄傲就是你的职责，无论如何要懂得每个人都是有价值的，就像他忙碌的事情是有价值的一样。

## 4

在谈话中你必须注意所说的话，在任何活动中你都必须观察正在做什么。在一件事里你应当直接洞察它所指向的目的，而在另一件事里你应当仔细观察事物所表示的意义。

## 5

我的理智足以胜任这一工作吗？如果它能胜任，那么我在这一工作中就把它作为宇宙本性给予的一个工具来使用。但如果它不能胜任，那么，我或者放弃这一工作，把它让给能够较好地做它的人来做（除非有某种理由使我不应这样做）；或者我尽力地去做，接受这样一个人的帮助——他能借助我的支配原则做现在是恰当的并对公共利益有用的事。因为无论是我做的事还是我能和另一个人做的事，都应当仅仅指向那对社会有用和适合社会的事。

◎庞培古城浮雕，拿着戏剧面具的演员

## 6

有多少人在享受赫赫威名之后被人遗忘了，又有多少人在称颂别人的威名之后亦与世长辞。

## 7

不要因被人帮助而感到羞愧，因为像一个战士攻占城池一样履行职责正是你的职分。那么，如果因为瘸拐你不能自个儿走上战场，而靠另一个人的帮助你却能时怎么办呢？

◎古罗马战士头盔复原图

## 8

不要让将来的事困扰你，因为如果那是必然要发生的，你将带着你现在对待当前事物的同样理性走向它们。

## 9

所有的事物都是相互联结的，这一纽带是神圣的，几乎没有一个事物与任一别的事物没有联系。因为事物都是合作的，它们结合起来形成同一宇宙（秩序）。因为，有一个由所有事物组成的宇宙，有一个遍及所有事物的神，有一个实体，一种法，一个对所有有理智的动物都是共同的理性，一个真理，如果也确实有一种来自同一根源、分享同一理性运动的尽善尽美的话。

## 10

一切质料的东西不久就要消失于作为整体的实体之中，一切形式（原因）的东西也很快要回到宇宙的理性之中，对一切事物的记忆也会很快在时间中淹没。

## 11

对于理性的动物来说，依据本性和依据理智是一回事。

## 12

使你直立，否则就被扶直。

## 13

正像在那些物体中各个成分是统一体一样，各个分散的理性存在也是统而为一，因为它们是为了一种合作而构成的。如果你经常对自己说我是理性存在体系中的一个成员（member），那么你将更清楚地察觉这一点。但如果你说是一个部分（part），你就还没有从心里热爱人们，你就还没有从仁爱本身得到欢乐，你行善就还是仅仅作为一件合宜的事情来做，而尚未把它看成也是对你自己行善。

## 14

让那从外部降临的事情落在那可以感觉这降临效果的部分吧。因为如果那些感觉得到的部分愿意，它们将要抱怨，但是，除非我认为发生的事情是一种恶，我不会受到伤害。而不这样认为是在我的力量范围之内的。

## 15

不管任何人做什么或说什么，我必须保持善，正像绿宝石（或是黄金或是紫袍）总是这样说：无论别人做什么或说什么，我一定还是绿宝石，保持着我的色彩。

## 16

支配的能力并不打扰自身，我的意思是：不吓唬自己或造成自身痛苦。但如果有别的什么人能吓唬它或使它痛苦，让他这样做吧。因为这一能力本身并不会被它自己的意见带向这条道路。

如果身体能够，让它自己照顾自己不受苦吧，如果它受苦，就让它表现出来吧。而这容易受到恐吓和痛苦的灵魂本身，完全有力量对这些事形成一种意见的灵魂，将不受任何苦，因为它将不会偏向这样一种判断。指导的原则本身除了需要自己之外，再不要任何东西，所以它是免除了打扰、不受阻碍的，只要它不扰乱和阻碍自己。

## 17

Eudaemonia（幸福）是一个好神（daemon），或一个好事物[I]。那么你正在做什么呢？哦，幻想吗？当你来时，我以神灵之名恳求你，离去吧，因为我不需要幻想。但你是按你的老办法来的，我不生你的气，而只是要你离去。

## 18

有人害怕变化吗？但没有变化什么事情能发生呢？又怎么能使宇宙本性更愉悦或对它更适合呢？木柴不经历一种变化你能洗澡吗？食物不经历一种变化你能得到营养吗？没有变化其他任何

---

I 希腊文前缀“eu-”意为“好”，而“daemon”意为“神”。——译者注

有用的东西能够形成吗？你没有看到对于你来说就像对于宇宙本性来说一样是需要变化的吗？

## 19

所有物体被带着通过宇宙的实体，就像通过一道急流，它们按其本性与整体统一和合作，就像我们身体各部分的统一与合作一样。时间已经吞没了多少个克里西普[I]、多少个苏格拉底、多少个爱比克泰德？让你以同样的思想来看待每一个人和每一件事吧。

◎斯多亚派哲学家爱比克泰德

## 20

只有一件事使我苦恼，就是唯恐自己做出人的本质不允许做的事情，或者是以它不允许的方式做出，或者是在它不允许做的时候做出。

---

I 克里西普（前282—前206），出生于小亚细亚的斯多亚派哲学家。

## 21

你忘记所有东西的时刻已经临近，你被所有人忘记的时刻也已经临近。

## 22

爱甚至存在于那些做了错事的人，这是人特有的性质。如果当他们做错事时你想到他们是你的同胞，这种情况就发生了，他们是因为无知和不自觉而做错事的，你们不久都要死去，特别是，做错事者没有造成任何伤害，因为他没有使你的自我支配能力变得比以前差。

## 23

在宇宙实体之外的宇宙本性，就仿佛实体是蜡，现在塑一匹马，当它拆解马时，它又用这质料造一棵树，然后造一个人，然后又是别的什么东西，这些东西每个都只存在很短的时间。而对于容器来说，被打破对它并不是什么苦事，正像被聚合对它也不是什么苦事一样。

## 24

蹙眉苦愁的神态是不自然的，如果经常这样，其结果是所有的美丽清秀都会消散，最后荡然无存并且完全不可能再恢复。试着从这一事实得出它违反理性的结论吧。因为如果甚至对做了错事的知觉都将消失，还有什么理性会继续存在呢？

## 25

支配着整体的理性不久将改变你见到的所有事物，而别的事物将从它们的实体中产生，这些事物又会被另一些事物取代，依此进行，世界就可以永远是新的。

◎庞培古城的断壁残垣

## 26

当一个人对你做了什么错事时，马上考虑他是抱一种什么样的善恶观做了这些错事。因为当你明白了他的善恶观，你将怜悯他，既不奇怪也不生气。因为或者你自己会想与他做的相同的事是善，或者认为另一件同样性质的事是善的，那么宽恕他就是你的义务。但如果你不认为这样的事情是善的或恶的，你将更愿意好好地对待那犯了错的人。

## 27

不要老想着你没有的和已有的东西，而要想着你认为最好的东西，然后思考如果你还未拥有它们，你会多么热切地追求它们。同时无论如何都要注意，你还没有如此喜爱它们以至使自己习惯于十分看重它们，这样使你在没有得到它们时就感到烦恼不安。

## 28

退回自身。那支配的理性原则有这一本性，当它做正当的事时就满足于自身，这样就保证了宁静。

## 29

驱散幻想。不要受它们的牵引。把自己限制在当前。好好地理解对你或是对别人发生的事情，把每一物体划分为原因的（形式的）和质料的。想着你最后的时刻。让一个人所做的错事停留在原处。

## 30

你要注意所说的话。让你的理解进入正在做的事和做这些事的人的内部。

## 31

用朴实、谦虚以及对与德和恶无关的事物的冷淡来装饰你自己。热爱人类。追随神灵。诗人说，法统治着一切，——记住法统治着一切就足够了。

## 32

关于死亡：它不是一种消散，就是一种化为原子的分解，或者是虚无，或者是毁灭，或者是改变。

## 33

关于痛苦：那不可忍受的痛苦夺去我们的生命，而那长期持续的痛苦是可以忍受的；心灵通过隐入自身而保持着它自己的宁静，支配的能力并不因此变差。至于被痛苦损害的（身体）部分，如果它们能够，就让它们表示对痛苦的意见吧。

## 34

关于名声：注意那些追求名声的人的内心，观察他们是什么人，他们避开什么事物，他们追求什么事物。想想那积聚起来的沙堆掩埋了以前的沙子，所以在生命中也是先去的事物迅速被后来的事物掩盖。

◎柏拉图

## 35

引自柏拉图[I]：那种有崇高心灵并观照全部时间和整体的人，你想他会认为人的生命是一种伟大的东

I 柏拉图（Plato），古希腊哲学家，苏格拉底的弟子。著有《苏格拉底的申辩》《理想国》等。

西吗？那是不可能的，他说。——那么这样一个心灵也不会把死看作恶，肯定不会。

◎安提斯坦尼

## 36

引自安提斯坦尼[I]：国王的命运就是行善事而遭恶誉。

## 37

对于面容来说，当心灵发布命令时，它只服从自己，只调节和镇定自己，这是一件坏事；而对于心灵来说，它不由自己来调节和镇定，也是一件坏事。

## 38

因事物而使我们自己烦恼是不对的，因为，它们与你漠不相关。

---

I 安提斯坦尼（Anisthenes，前445—前365），古希腊哲学家，苏格拉底弟子，犬儒学派奠基人。

## 39

面向不朽的神将使我们欢愉。

## 40

生命必须像成熟的麦穗一样被收割，一个人诞生，另一个人赴死。

## 41

如果神灵不关心我和我的孩子，这样做自然有它的道理。

## 42

因为善与我同在，正义也会与我同在。[I]

## 43

不要加入别人的哭泣，不要有太强烈的情绪。

◎古罗马铜币

I 以上第38、40、41、42条均为欧里庇得斯的戏剧中的断片。——译者注

# 44

引自柏拉图：但是我将给这个人一个满意的回答，这就是：你说得不好，如果你认为一个对所有事情都擅长的人应当计算生或死的可能性，而不是宁愿在他做的所有事情中仅仅注意他是否做得正当，是否做的是一个善良人的工作。

◎庞培古城壁画

## 45

雅典人啊，确实是这样：一个人无论置身于什么地方，都认为那是对他来说最好的地方，或者是由一个主宰者将他放置的地方。在我看来，他应当逗留在那儿，顺从这种偶然，面对他应得的卑贱的职分，不盘算死或任何别的事情。

## 46

我的好朋友，且想想那高贵的和善的事情是不是某种与拯救和得救不同的事情；因为对一个生活这么长或那么长一段时间的人，至少是一个真正的人来说，考虑一下，是否这不是一件脱离这种思想的事情：那儿一定不存在对生命的任何爱恋，但关于这些事情，一个人必须把它们托付给神，并相信命运女神所说的，没有谁能逃脱自己的命运，接着要探究的是：他如何才能以最好的方式度过他必须度过的这一段时间。

## 47

环视星球的运动，仿佛你和它们一起运行，不断地考虑元素的嬗变，因为这种思想将濯去尘世生命的污秽。

## 48

这是柏拉图的一个很好的说法：谈论人们的人，也应当以仿佛是从某个更高的地方俯视的方式来观察世事，应当从人们的聚集、军事、农业劳动、婚姻、谈判、生死、法庭的吵闹、不毛之地、各种野蛮民族、饮宴、哀恸、市场、各种事物的混合和各个国家的有秩序的联合来看待他们。

◎古罗马采摘葡萄图

## 49

想想过去，政治霸权的如此巨变。你也可以预见将要发生的事情。因为它们肯定是形式相似的，它们不可能偏离现在所存的事物的秩序轨道，因此思考四十年的人类生活就跟思考一万年的人类生活一样。否则你怎么能看到更多的东西呢？

## 50

那从地里生长的东西要回到地里，

而那由神圣的种子诞生的，

也将回到天国。[I]

这要么是原子的相互结合的分解，要么是无知觉的元素的一种类似的消散。

## 51

带着食物、酒和狡猾的魔术，

蹑步通过狭道想逃脱一死，[II]

而天国送出来的微风，

我们必须忍受，无抱怨地忙碌。

## 52

一个人可能更善于摔倒他的对手，但是他不是更友善、更谦虚；他没有得到更好的训练来对付所有发生的事情，也没有更慎重地对待邻人的过错。

---

I 欧里庇得斯戏剧，断片。——译者注
II 欧里庇得斯《请愿的妇女》，1110。——译者注

## 53

在任何工作都能按照符合神和人的理性做成的地方，也没有任何东西值得我们害怕，因为我们能够通过按我们的结构成功并继续进行的活动而使自己得益，而在这种地方，无疑不会有任何伤害。

## 54

在任何场合，这些都是在你的力量范围之内的：虔诚地默认你现在的条件；公正地对待你周围的人；努力地完善你现在的思想技艺，未经好好考察不让任何东西潜入思想之中。

## 55

你不要环顾四周以发现别人的指导原则，而要直接注意那引导你的本性，注意那通过对你发生的事而表现的宇宙的本性和通过必须由你做的行为而表现的你的本性。而每一事物都应当做合乎它的结构的事情，所有别的事物都是为了理性存在物而被构成的，在无理性的事物中低等事物是为了高等事物而存在的，但理性动物是彼此为了对方而存在的。

那么在人的结构中首要的原则就是友爱的原则。其次是不要屈服于身体的引诱，因为身体只是有理性者和理智活动确定自己范围的特殊场所。不要被感官或嗜欲的运动压倒，因为这两者都是动物的，而理智活动却要取得一种优越性，不允许自己被其他运动所凌驾。保持健全的理性，因为它天生是为了运用所有事物而形成的。在理性结构中的第三件事是：摆脱错误和欺骗。那么紧紧把握这些原则的支配能力正直地行进，它就能得到属于它所有的。

## 56

想到你是要死的，要在当前的某个时刻结束你的生命，那么按照本性度过留给你的时日。

## 57

热爱那仅仅发生于你的事情，仅仅为你纺的命运之线，因为，有什么比这更适合于你呢？

## 58

面对发生的一切事情，回忆一下这样一些人，同样的事也曾对他们发生，他们曾是多么烦恼啊，把这些事情看作奇怪的、令人不满的事。而现在他们到哪里去了呢？无处可寻。那么你为什么愿意以同样的方式行动呢？你为什么不把这些与本性相歧异的焦虑留给那些引起它们并被它们推动的人呢？你为什么不完全专注于利用对你发生的事物的正确方式呢？因为那样你将好好地利用它们，它们将给你的工作提供质料。仅仅倾听自身，在你做的一切行为中都决心做一个好人，记住……

## 59

观照内心。善的源泉是在内心，如果你挖掘，它将汩汩地涌出。

## 60

身体应当是简洁的，无论在活动中还是姿态上都不表现出杂乱无章。因为心灵通过面容来表现出理智和合宜，也应当体现在整个身体之中。但所有这些事情都应当毫不矫揉造作地去做。

## 61

在这方面，生活的艺术更像角斗士的艺术而不是舞蹈者的艺术，即它应当坚定地站立，准备着对付突如其来的进攻。

## 62

总是观察那些你希望得到他们嘉许的人，看看他们拥有什么样的支配原则。因为那样你将不会谴责那些不由自主冒犯你的人，你也不会想要得到他们的嘉许，只要你看清了他们的意见和欲望的根源。

## 63

哲学家说，每一个灵魂都不由自主地偏离真理，因而也同样不由自主地偏离正义、节制、仁爱和诸如此类的品质。总是把这一点牢记在心是很有必要的，因为这样你就将对所有人更和蔼。

◎《赫拉斯兄弟的誓言》，（法）雅克·路易·大卫，作于1784年

## 64

在经历任何痛苦时都要想到这一点，即在这痛苦中并没有耻辱，它并不使支配的理智变坏，因为就理智是理性或社会的而言，它并不损害理智。的确，在很痛苦的时候也可以让伊壁鸠鲁的这些话来帮助你：痛苦不是不可忍受或永远持续的，只要你记住它有它的界限，只要你不在想象中附加什么东西给它。也记住这一点，我们并没有觉察，我们把许多使我们不惬意的事情也感知为痛苦，像嗜睡、燥热和失去胃口。然后当你不满于这些事情时，你就对自己说，我是在遭受痛苦。

## 65

注意，对薄情寡义的人，不要像他们感觉别人那样感觉他们。

## 66

我们怎么知道泰拉格斯在品格上不如苏格拉底优越呢？因为仅下面这些还是不够的：苏格拉底能更高贵地死去；更巧妙地与智者辩论；更能忍耐寒冷的冬夜；当他被命令去逮捕萨拉米的莱昂时，他认为拒绝是更高尚的；他昂首阔步地在街上走过——虽然这一事实人们很可能怀疑其真实性。此外我们还应当探究：苏格拉底拥有一个什么样的灵魂，是否他能够满足于公正地对待人和虔诚地对待神，不无益地为人们的犯罪苦恼，同时也不使自己屈服于任何人的无知，不把从宇宙降临于他的任何事情看作奇怪的，不把它作为不可忍受的东西，不允许他的理智与可怜的肉体的爱好产生共鸣。

## 67

自然并没有如此混合你的理智与身体结构，以至不容许你有确定自身的力量和使你自己的一切服从你支配的力量；因为成为一个神圣的人却不被人如此承认是很有可能的。要一直把这句话牢记在心：过一种幸福生活所需要的东西确实是很少的。不要因为你无望变成一个自然知识领域中的辩证家和能手，就放弃成为一个自由、谦虚、友善和遵从神的人的希望。

## 68

在心灵最大的宁静中免除所有压力而生活是在你的力量范围之内的，即使全世界的人都尽其所欲地叫喊着反对你，即使野兽把裹着你的这个捏制的皮囊撕成碎片。因为置身于所有阻碍物中的心灵，是在宁静中，在对周围的所有事物的一种正确判断中，在对提交给它的物体的一种径直运用中坚持自己，以至这判断可以对落入它视线的事物说，你确实存在（是一实体），然而在人们的意见中你可以呈现为另一种不同的模样；这运用也将对落入它手的事物说，你是我正在追求的事物。因为对于我来说，那出现的事物始终是可以用于理智的和政治的德性的质料，一句话，是可以用于那属于人或神的艺术训练的。因为一切发生的事情都与神或者与人有一种联系，绝不是新的和难于把握的，而是有用的和方便的工作材料。

◎古罗马莱波蒂斯遗址的浮雕

## 69

道德品格的完善在于，把每一天都作为最后一天度过，既不对刺激做出激烈的反应，也不麻木不仁或者虚伪。

## 70

不朽的神是不烦恼的，因为他们在如此长的时间里必须不断地忍受这样的人，忍受其中的许多恶人。此外，神也从各个方面关心他们。但是，作为注定很快要死去的人，你就厌倦了忍受恶人吗，而且当你是他们中的一个时也是这样？

## 71

对一个人来说，这是一件可笑的事情：他不从他自己的恶中逃开——这的确是可能的，他竟要从别人的恶中逃开——而这是不可能的。

## 72

无论哪种理性和政治（社会）的能力发现（自己）不是理智的也不是社会的，它就恰当地判断（自己）是低于自身的。

## 73

当你做了一件好的事情，另一个人由此得益，你为什么要像傻瓜一样寻求除此之外的第三件事——得到做了一件善行的名声或获得一种回报呢？

## 74

无人厌倦收到有用的东西。而按照本性行动是有用的。那么就不要厌倦通过别人做这些事而收到有用的东西吧。

## 75

大全的本性运动着产生宇宙。而现在发生的一切事物，或者是作为结果出现，或者是作为连续出现，甚或那宇宙支配力量本身的运动所指向的主要事物也不受理性原则的支配。如果记住这一点，你将在很多事情上更为宁静。

# 卷八

# 1

这一反思也有助于消除对于虚名的欲望，即像一个哲学家一样度过你的一生，或至少度过你青年时期以后的生活，这已不再在你的力量范围之内了；你和许多别的人都很明白你是远离哲学的。然后你落入了纷乱无序，以致得到一个哲学家的名声不再是容易的了，你的生活计划也不符合它。那么如果你真正看清了问题所在，就驱开这一想法吧。你管别人是怎样看你呢，只要用以你的本性所欲的这种方式度过你的余生，你就是满足的。那么注意你的本性意欲什么，不要让任何别的东西使你分心，因为你有过许多流浪的经验却在哪儿都没有找到幸福：在三段法中没有，在财富中没有，在名声中没有，在享乐中没有，在任何地方都没有。那么幸福在哪里？就在于做人的本性所要求的事情。那么一个人将怎样做呢？如果他拥有作为他的爱好和行为之来源的原则。什么原则呢？那些有关善恶的原则，即深信没有什么东西于人是好的——如果它不使人公正、节制、勇敢和自由，没有什么东西对人是坏的——如果它不使人沾染与前述品质相反的品质。

## 2

在采取每一个行动时都问自己，它会怎样影响我呢？我以后将后悔做这事吗？还剩一点点时间我就要死去，所有的一切都要逝去。如果我现在做的是一个有理智的人的工作，一个合社会的人的工作，一个处在与神同样的法之下的人的工作，那么我还有何求呢？

◎这枚币发行于公元前128年，面：罗马女神，脑后麦穗；背：胜利女神驾马车。

## 3

亚历山大、盖耶斯和庞培与第欧根尼[I]、赫拉克利特、苏格拉底比较起来是什么人呢？因为他们熟悉事物，熟知它们的原因（形式）、它们的质料，这些人的支配原则都是同样的。但在后者看来，他们必须照管多少事物，他们是多少事情的奴隶啊！

◎第欧根尼

## 4

考虑一下，人们无论如何也要做同样的事情，即使你将勃然大怒。

---

I 第欧根尼（Diogenēs，约前404—约前323），古希腊哲学家，犬儒学派代表人物。

## 5

主要的事情在于：不要被打扰，因为所有的事物都是合乎宇宙本性的，很快你就将化为乌有，再也无处可寻，就像赫德里安、奥古斯都那样。其次要聚精会神地注意你的事情，同时记住做一个好人是你的义务，无论人的本性要求什么，做所要求的事而不要搁置；说你看来最恰当的话，只是要以一种妥善的方式，以谦虚和毫不虚伪的态度说出来。

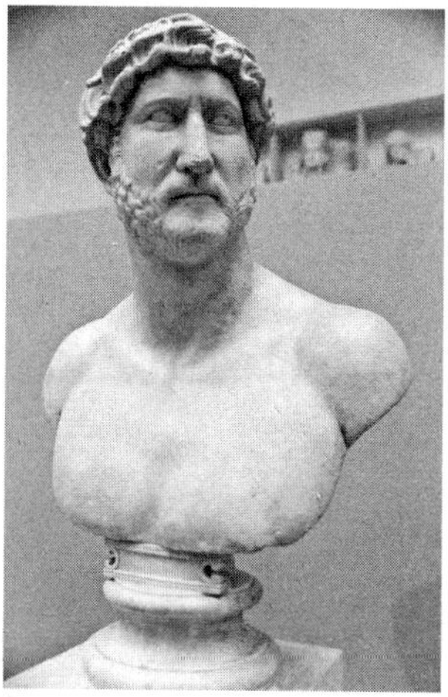

◎赫德里安（Hadrianus，AD 76－138），图拉真的养子，“五贤君”的第三位

## 6

宇宙的本性有这一工作要做，即把这个地方的事物移到那个地方，改变它们，把它们从此处带到彼处。所有事物都是处于变化之中的，但我们没有必要害怕任何新的东西。所有的事物都是我们熟悉的，而对这些事物的分配也保持着同样的方式。

◎收藏于梵蒂冈博物馆的奥古斯都像

## 7

每一本性，当它在循自己的路行进得很好时都是满足于自身的，当一个理性的本性在其思想中不同意任何错误的或不确定的东西时，当它使自己的活动仅仅指向有益于社会的行为时，当它把它的欲望和厌恶限制在那属于自己力量范围之内的事物上时，当它满足于那普遍本性分派给它的一切事物时，我们就说一个理性的本性循自己的路行进得很好。因为每一特殊本性都是这一共同本性的一部分，正像叶子的本性是这一植物本性的一部分一样，但在植物那里，叶子的本性则是这样一种本性的一部分，这种本性不易受到阻碍，是理智和公正的，因为它根据每一事物的价值平等地给予一切事物以时间、实体、原因（形式）、活动和事件。但我们的考察并不是要发现，任何一个事物和任一别的个别事物相比较在所有方面都是平等的，而是要把结为一个事物的所有部分与组成另一个事物的所有部分相比较。

## 8

你没有闲空或能力阅读，但是你有闲空或能力防止傲慢，你有闲空超越快乐和痛苦，你有闲空超越对虚名的热爱，不要烦恼于愚蠢和忘恩负义的人们，甚至不要理会他们。

## 9

不要让任何人再听到你对宫廷生活或对你自己生活的不满。

## 10

后悔是一种因为忽视了某件有用的事情而进行的自我斥责，而那善的东西必定也是有用的，完善的人应当追求它。但完善的人没有一个会后悔拒绝了感官的快乐。这样快乐就既非善的亦非有用的。

## 11

一个事物，它自身是什么，自身的结构是什么？它的实体和原料是什么？它的原因的本性（或形式）又是什么？它在这世界上正做什么？它还要继续存在多久？

## 12

当你不情愿地从眠床上起来时，记住这是在按照你的结构和人的本性去从事社会活动，而睡眠却对无理智的动物也是同样的。但那以每个个体的本性为据的东西，也是更特殊地属他自己的东西，是更适合他的本性的，也确实更能带来愉悦。

## 13

如果可能的话，不断地对灵魂收到的每一印象应用物理学、伦理学和辩证的原则。

## 14

无论你遇见什么人，径直对自己说：这个人对善恶持什么意见？因为，如果他对苦乐及其原因，对荣辱、生死持这样那样的意见，那么他做出这样那样的行为，对我来说就没有任何值得奇怪和不可解的地方了，我将在心里牢记他是不能不这样做的。

## 15

记住：正像对无花果树结出了无花果感到大惊小怪是一种羞愧一样，对这世界产生了本来就是它产物的事物大惊小怪也是一种羞愧。对于医生来说，如果他对一个人患了热病大惊小怪，或者一个舵手对风向不遂人意大惊小怪，对他们来说都是一种羞愧。

## 16

记住：改变你的意见，追随纠正你缺点的人，这跟要坚持你的错误一样，都是和自由一致的。因为这是你自己的活动，这活动是根据你自己的运动和判断，也的确是根据你自己的理解力做出的。

◎残破的庞培古城壁画

## 17

如果一件事在你的力量范围之内，为什么不做呢？但如果它在另一个人的力量范围之内，你责怪谁呢？责怪原子（偶然）抑或神灵？不论怪谁都是愚蠢的。你决不要责怪任何人。因为如果你能够，就去改变那原因；但如果你不能够，那至少去改正事物本身；而如果连这你也做不到，那你不满有什么用呢？因为没有什么事是不带有某种目的做出的。

## 18

那死去的东西并非落到宇宙之外。如果它逗留在这里，它也在这儿改变，被分解为恰当的部分，即宇宙的元素和你自身的元素。它们也在变化，且不发牢骚。

## 19

一切事物的存在都有某种目的，如一匹马、一棵葡萄树。那你为什么奇怪呢？甚至太阳也要说，我存在是有某种目的的，其余的神灵也同样要说。那么你是为什么目的而存在呢？为了享受快乐吗？看看常识是否允许这样说。

◎古罗马斗兽场的断壁残垣

## 20

自然在每一事物结尾时对它的关心不亚于在其开始或中途对它的关心，就像往上投球的人一样。那么对于球来说，被投上去对它有什么好处呢？而开始落下甚或落下地对它又有什么损害呢？对于一个气泡来说，形成对它有什么好处，爆裂对它又有什么坏处呢？同样的道理也适用于一道闪电。

## 21

深入地审视身体，看看它是一种什么性质的事物，当它变老时，它变成什么样的事物，当它生病时，它又变成什么样的事物。

赞颂者和被赞颂者、记忆者和被记忆者的生命都是短暂的。所有这些活动都发生在这世界的一部分的一个小角落里，甚至在此也不是所有人都意见一致，不，不是任何人都和他自己在一起的。整个世界也只是一个点。

## 22

注意你面前的东西，看它是一个意见还是一种行为或者一句话语。

你正直地忍受这一事实，因为你宁愿明天变成好人而不是今天就是好人。

## 23

我在做什么事情呢？我做有关人类善的事情。有什么事对我发生吗？我接受它，把它归于神灵——所有事物的根源，所有发生的事物都是从它们那儿产生的。

## 24

当洗澡时你看到这样的东西——油腻、汗垢、肮脏、污秽的水，所有的东西都发出令人作呕的气味——生命的每一部分和一切事物都是如此。

## 25

柳西那看见维勒斯死了，然后柳西那死了；西孔德看见马克西默斯死了，然后西孔德死了；埃皮梯恩查努斯看见戴奥梯莫斯死了，然后埃皮梯恩查努斯死了；安东尼看见福斯蒂娜死了，然后安东尼死了。这就是一切。塞勒尔看见赫德里安死了，然后塞勒尔死了。那些机智颖悟的人，或者预言家或者趾高气扬的人，他们现在到哪里去了呢？比方说这些机敏的人：查拉克斯、柏拉图主义者、迪米特里厄斯，还有尤德蒙以及别的类似他们的人。所有的人都是朝生暮死，早已辞世。有一些人的确被人马上忘记，还有一些人变成了传说中的英雄，还有一些人甚至从传说中消失了。那么请记住这一点：你，这一小小的混合物，也必定要或者是争解，或者是停止呼吸，或者被移到其他地方。

◎赫德里安半身塑像

## 26

一个人做适合一个人做的工作，他就满足。那么适合一个人做的工作就是：仁爱地对待他的同类，轻视感官的活动，对似乎可信的现象形成一种正当的判断，对宇宙的本性和发生于其中的事物做一概观。

## 27

在你和别的事物之间有三种联系：一种是与环绕你的物体的联系；一种是与所有事物所由产生的神圣原因的联系；一种是与那些和你生活在一起的人的联系。

## 28

痛苦或者对身体是一种恶（那就让身体表示它的想法吧），或者对灵魂是一种恶；但是，灵魂坚持它自己的安宁和平静，不把痛苦想成一种恶，这是在它自己的力量范围之内的。因为每一判断、活动、欲望和厌恶都是发生在内心，而任何恶都不能上升得如此高。

## 29

通过常常这样对自己说而清除你的幻觉：不让任何恶、任何欲望或纷扰进入我的灵魂，现在这是在我的力量范围之内，而通过观察所有事情我看见了它们的本性是什么，我运用每一事物都是根据其价值。——牢记这一来自你的本性的力量。

## 30

不仅在元老院中，而且对任何一个人都要恰当地说话，不矫揉造作，言辞简明扼要。

◎古罗马元老院一次会议中

## 31

奥古斯都的宫廷、妻子、女儿、后代、祖先、姐妹、厄格里珀[I]、亲属、心腹、朋友、阿雷夫斯[II]、米西纳斯[III]、医生和祭司，整

---

I 厄格里珀（Mareus Vipsanius Agrippa），古罗马政治家和地理学家，奥古斯都的军政大臣、女婿和助手。

II 奥古斯都时期的古罗马宫廷哲学家。

III 米西纳斯（Cilcius Maecenas），奥古斯都的好友，古罗马艺术的赞助人。

个宫廷里的人都死去了。然后再看其他的，不是考虑一个单独的人的死，而是整个家族的死，像庞培的家族，那是铭刻在坟墓上的——他的家族的最后一个。然后考虑那些在他们之前的人对他们可能撇下的后代的苦恼，然后必然有某个人成为最后一个。在此再考虑整个家族的灭亡。

◎莉薇娅——奥古斯都屋大维的第三任妻子

## 32

在每一活动中都好好地使你的生活井然有序是你的义务，如果每一活动都尽其可能地履行这一义务，那么就满足吧，无人能够阻止你，使你的每一活动不履行其义务。——但某一外部的事物可能挡路。——没有什么能阻挡那正当、清醒和慎重的活动。——但也许别的某一积极力量将受阻碍。——好，但通过默认阻碍和满足于把你的努力转到那被允许的事情上去，另一个行动机会又会代替那受阻的活动而直接摆到你面前，它也是一个适应我们刚才说的那一秩序的行动机会。

## 33

毫不炫耀地接受财富和繁荣，同时又随时准备放弃。

## 34

如果你曾见过一只手被切断，或一只脚、一颗头，如果你看见离开身体的其他部分躺在那儿，那么，那不满于发生的事的人就是这样就其所能地使自己变成这样，使自己脱离他人，或做出反社会的事情来。假设你已使自己从这一自然的统一中离开——因为你天生就被造成为它的一个部分，而现在却切断了与它的联系——在此却还是有一个好的办法，即再统一起来还在你的力量范围之内。神没有把这一能力，即在自身被分离和切开以后，又重新统一起来的能力，许给其他动物。但考虑一下神弘扬人的善意，他把这放到人的力量范围之内，即不会完全同宇宙分开；而当他被驱离时，神允许他回来，重新统一，占据他作为一个部分的地位。

## 35

由于宇宙的本性给了每一理性存在以它拥有的所有别的力量，所以我们也从此得到了这一力量。因为正像宇宙本性在其预定的地方转变和安排一切阻碍和反对它的事物，使这类事物成为它自身的一部分一样，理性动物也能使每一障碍成为他自己的质料，利用它达到他可能已设计好的目的。

## 36

不要让想你的整个一生来打扰你。不要让你的思想涉及那你可能预期将落于你的所有苦恼，而是在每个场合都问自己，在这种场合里究竟有什么不可忍受的东西和不能过去的东西？因为你将会羞于承认。其次记住将来或过去都不会使你痛苦，只有现在会使你痛苦。而如果你只是限制它，这种痛苦将缩小到一点点；如果甚至连这也不能抵住，那就斥责你的心灵吧。

◎赫德里安

## 37

潘瑟或帕加穆斯现在还坐在维勒斯的陵墓之侧吗？乔内阿斯或戴奥梯莫斯现在还坐在赫德里安的陵墓之侧吗？那是荒唐的。好，假如他们还坐在那儿，死者又能意识到吗？如果死者能意识到，他们会感到高兴吗？如果他们感到高兴，那又能使他们永远不死吗？这些人也要先变成老翁老妪然后死去，这不是命运的秩序吗？那么这些死者之后的人做什么呢？所有的人都要走上这一条路。

## 38

哲学家说，如果你能敏锐地观察，就能明智地调查和判断。

## 39

在理性动物的结构中我看不到任何与正义相反的德性，而是看到一种与热爱快乐相反的德性，那就是节制。

## 40

如果你驱除你的关于看来带给你痛苦的事物的意见，你的自我将得到完全的保障。——那这一自我是什么呢？——是理性。——但我并不是理性。——那就这样吧，让理性本身不要烦扰自己。但如果你的其他部分受苦，就让它表示它对自己的意见吧。

## 41

感觉的障碍对动物本性是一种恶。运动（欲望）的障碍对动物本性同样是一种恶。某些别的东西对植物的结构同样也是一种阻碍和一种恶。所以，理解力的障碍对理智的本性来说也是一种恶。那么把所有这些道理用于你自身。痛苦或感官快乐影响你吗?感官将要注意它。——在你致力于一个目标时有什么东西阻碍你吗？如果你的确在做出这种绝对的努力（无条件或无保留的努力），那么肯定这一障碍对被考虑为一个理性动物的你是一种恶。但如果你考虑一下事物的通常过程，你还是没有被伤害甚或被阻碍。无论如何，对于理解力是适合的事物，是任何他人都不能阻挠的，因为无论火、铁、暴君、辱骂都接触不到它。当它被造成为一个球体，它就继续是一个球体。

## 42

说我给了自己痛苦是不合适的，因为我甚至对别人也没有有意造成痛苦。

## 43

不同的事物使不同的人欢乐，我的欢乐则是使支配能力健全同时又不脱离任何人或对人们发生的任何事情，而只是以欢迎的眼光看待和接受一切，根据其价值运用每一事物。

## 44

注意你要对自己保证这一现在的时刻，因为那些宁愿追求死后名声的人没有想到：后来的人们将跟那些现在他们不记得的人一样，两者都是要死的。那么以后这些人对你是否说这种或那种话，对你有这种或那种意见，于你又有什么关系呢？

## 45

带我去你将要去的地方吧，因为在那儿我将使我心中神圣的部分保持宁静，换言之，如果它能按照它恰当的结构感觉和行动，它将是满足的。我的灵魂为什么要变得比过去不幸、恶劣、沮丧、自大、畏缩和恐惧呢？发生这种变化难道有什么充足的理由吗？你能为它找到这种充足的理由吗？

## 46

没有什么不属人的事情能够发生在人身上；没有什么不符合一头公牛本性的事情在一头公牛身上发生；没有什么不符合一棵葡萄树本性的事情在一棵葡萄树上发生；没有什么不适合一块石头的事情在一块石头上发生。那么如果每一事物发生的事情都是平常和自然的，你为什么要抱怨呢？因为共同的本性带来的事情，没有不是由你所生的。

◎古罗马斗兽图

## 47

如果你因什么外在的事物而感到痛苦，打扰你的不是这一事物，而是你自己对它的判断。而现在清除这一判断是在你的力量范围之内的。但如果在你自己的意向里有什么东西给你痛苦，那么谁阻止你改正你的意见呢？即使你是因为没有做某件你认为正当的事情而感到痛苦，你为什么不去做这件事而要抱怨呢？——但有一个不可逾越的障碍横亘在前啊！——那么不要为此悲哀，因为不做这件事的原因是不以你的意志为转移的。——但如果不能做到这件事的话，活着就是无价值的呢！——那么就满意地放弃你的生命吧，正像那充分活动过的人死去一样，也对作为障碍的事物感到欢喜。

## 48

◎马可·奥勒留

记住：你的支配部分是不可征服的，如果它不做任何非它所愿的事情，即使它是出于纯粹的顽固而进行抵制的，那么当它自我镇定时，它也是满足于自身的。但是，如果它通过理性和审慎的援助形成对事物的一种判断时，它又将怎样呢？所以，那摆脱了激情的心灵就是一座堡垒，因为人再没有什么比这更安全的地方可以使他得到庇护，在此静候将来，这一堡垒是不可摧毁的。而不知道这一点的人就是一个无知的人，知道这一点却不飞向这一庇护所的人则是不幸的人。

## 49

除了最初的现象所报告的，不要再对自己说什么，假设有人报告给你说某个人说你的坏话，这个消息被报告了，但你并没有受到损害，并没有你受到损害的报告。我看到我的孩子生病了，我看到了，但我并没有看到他处于危险之中。如此始终听从最初的现象，不从内心对你增加任何东西，那么就没有什么对你发生了。或宁可像一个知道世界上发生的一切事情的人一样增加某种东西。

## 50

这根黄瓜是苦的。——那就扔掉它。——道路上有荆棘。——那就避开它。这就够了。不要再增加什么，问为什么这世界上有这种东西。因为你将被一个熟悉自然的人嘲笑，正如你在木匠和鞋匠的铺子里因发现刨花和碎料而挑剔他们时遭到他们嘲笑一样。但他们还是有投放这些刨花和碎料的地方，而宇宙的本性却没有这外部的空地，但她的艺术中最奇妙的部分就在于虽然她限定了自身，但她从这些东西中重新创造出新的同样的东西，以至她不需要任何从外面来的实体，也不需要一个她可以投放腐烂东西的地方。她是满足于她自己的空间、她自己的质料和她自己的艺术的。

## 51

你的行动不要迟缓呆滞，你的谈话不要缺乏条理，你的思想不要漫无秩序，不要让你的灵魂产生内部的纷纭和向外的迸发，也不要在生活中如此忙碌以至没有闲暇。

假设人们杀死你，把你切为碎片，诅咒你，那么这些事情怎么能阻止你的心灵保持纯净、明智、清醒和公正呢？例如，如果一个人站在一泓清澈纯净的泉边诅咒它，这清泉绝不会停止冒出可饮用的泉水，如果这个人竟然把泥土或垃圾投入其中，清泉也将迅速地冲散它们，洗涤它们，而不会遭到污染。那么作为拥有一种永恒的泉水而不仅仅是一口井的你将怎样呢？要每时每刻地塑造你自己，达到与满足、朴素和谦虚融为一体的自由。

## 52

那不知道世界是什么的人，也不知道他自己在哪里。那不知道世界以什么目的存在的人，也不知道他自己是谁，不知道世界是什么。而对这些事一无所知的人甚至不能说他自己是为什么目的而存在的。那么你怎样想那些避免或寻求喝彩和称赞的人呢，怎样想那些不知道他们在哪里或他们是谁的人呢？

## 53

你希望得到一个每小时谴责自己三次的人的赞扬吗？你希望取悦一个对自己也感到不悦的人吗？一个后悔他做过的几乎一切事情的人会对自己感到欣悦吗？

## 54

不要仅仅让你的呼吸和围绕着你的空气和谐一致，现在还要让你的理智也和那包括所有事物的理智和谐一致。因为理智力对于愿意利用它的人来说，就跟大气对于能够呼吸它的人一样，也是分布于所有部分和浸淫于所有事物的。

## 55

一般来说，恶全然不损害到宇宙，特别是，一个人的恶并不损害到另一个人。它仅仅损害这样的人，即只要他愿意，就可以拥有摆脱恶的力量的人。

## 56

我的邻人的自由意志对于我自己的自由意志来说，正像他的呼吸和肉体一样于我是漠不相关的。因为虽然我们是被专门造出来互相合作的，但我们每个人的支配力还是有着自己的活动空间，否则的话我的邻人的恶就会损害到我了，而神并没有如此意欲以至我们的不幸也可以互相影响。

## 57

阳光照射下来，它的确分布到所有方向，但它并未流溢。因为这种分布是扩展：它的光线就叫作扩展，因为它们是被扩展的。如果一个人注意到阳光通过一个狭口进入一个黑暗的房间，他就可以判断出光线是一种什么事物，因为它笔直地伸展，当它遇到任何挡住它去路或切断空气的固体时，它可以说是被隔开了，但是光仍然在那里保持着稳定，并不滑动或缩小。那么理解力也应当如此照射和分布，它不应当是一种流溢，而是一种扩展，它不应对挡住它去路的障碍做任何激烈的冲撞，同时也不畏缩，而是稳定地照亮那接受它的东西。因为一个物体不接受它的话，它就得不到光亮。

## 58

害怕死亡的人或者是害怕感觉的丧失，或者是害怕一种不同的感觉。但如果你没有感觉，你也将感觉不到损害；如果你获得的是另一种感觉，你将是一种不同的生物，生命将不停止。

## 59

人们是彼此为了对方而存在的，那么教导他们，容忍他们。

## 60

一支箭以某种方式运动，心灵以另一种方式运动。的确，当心灵谨慎地活动或致力于探究时，它以一条直线向其目标运动。

## 61

洞察每个人的支配能力，也让所有其他的人洞察你的支配能力。

# 卷九

## 1

那不正当地行动的人也在不虔诚地行动。因为既然宇宙本性为相互合作的目的造就了理性动物，要他们根据他们的应分彼此帮助，而不要相互损害，那么违反自己意志的人，显然就是对最高的神意犯有不敬之罪。那说谎的人也对同样的神意犯有不敬之罪，因为宇宙本性就是那些存在的各种事物的本性，那些存在的各种事物与所有进入存在的事物都有一种联系。此外，这一宇宙本性是名为真理的，是所有真实事物行为的主要原因。这样，那有意说谎的人就因为他说谎的不正当行为而犯有不敬之罪，那不自觉说谎的人就因为他与宇宙本性的矛盾，因为他通过反对世界本性而扰乱了秩序，犯了不敬之罪，由于他反对世界本性，他就把自己推到与真理对立的位置，由于他通过这种无知而从自然中接受力量，他现在就不能辨别真伪。的确，那把快乐作为善来追求，把痛苦作为恶来避免的人亦是犯了不敬之罪。因为这样的人必然经常对宇宙本性不满，声称宇宙本性没有按照善人和恶人的应分分配给他们东西，因为恶人常常享受快乐，拥有产生快乐的事物，而善人却有痛苦作为他们的份额，拥有那引起痛苦的事物。此外，那害怕痛苦的人有时也将害怕那发生在世界上的某些事情，而这种害怕甚至也是一种不敬。追求快乐的人将不会戒除不义，而这显然也是不敬。至于那些宇宙本性同等地感受的事物——因为除非它是同等地感受这两种事物，否则就不会创造它们了——对于这些事物，那些愿意遵循本性的人将与之同心，也将同等地感受这两种事物。那么，由于苦乐、生死和荣辱都是宇宙本性同等利用的事物，无论谁，如果不同等地感受它们，那就显然是不虔诚了。我是说宇宙本性同等地利用它们，而不是说它们同样地发生于那些在连续的系列中产生的人和那些在他们之后通过神意的某种原初运动而产生的人，这一运动按照神意从某一开端向这一事物系列运动，孕育着某些将要存在的事物原则，决定着产生存在、变化和这样一种连续系列的力量。

## 2

辞别人世而从未有过说谎、虚伪、奢侈和骄傲的嗜好，是一个人最幸福的命运。然而正如俗话所说，当一个人拥有足够的这些事物时，立即结束自己的生命则是仅次于最好的一次旅行。而你决定顺从恶吗，还没有引导自己从这场瘟疫里逃开的经验吗?因为理智力的毁灭就像一场瘟疫，比围绕着我们的大气的任何腐败和变化都更像一场瘟疫。因为那种腐败就它们是动物而言是动物的瘟疫，而这种腐败就他们是人而言是人的瘟疫。

## 3

不要蔑视死亡，而是正常地表示满意，因为这也是自然所欲的一件事情。因为像年轻，变老，接近和达到成熟，长牙齿，长胡子和白发，怀孕、生子和抚养，以及所有别的生命的季节所带来的自然活动都是这样的事物，分解、消亡也不例外。那么，这就和一个沉思的人是一致的，即不要轻率或不耐烦地对待或蔑视死亡，而是要把它作为自然的一个活动静候它。就像你现在等待着孩子从你妻子的子宫里娩出一样，也准备着你的灵魂脱出皮囊的时刻来临。但如果你也要求一种能接触你心灵的通俗的安慰，那么通过观察你将要与之分手的东西，观察你的灵魂将不再与之同在的那些人的道德，你将变得最顺从死亡。因为，因人们的过错而发怒绝不是正确的，关心他们、静静地忍受他们才是你的义务，但也要记住你并不是要从跟你持有同样原则的人们那里离去。因为如果有什么使我们转念的事情的话，这是唯一能使我们转而依恋生命的事情，那就是允许我们跟那些持有和我们同样原则的人一起生活。而现在你看到：从那些生活在一起的人的不和中产生的苦恼是多么大啊，以致你可以说：快来吧，死亡，避免我可能迷失自己。

◎《运送布鲁特斯儿子尸体的军士们》，（法）雅克·路易·大卫，作于1789年

## 4

那作恶者也是对自己行恶。那做不义之事的人也是对自己行不义，因为他使自己变坏了。

## 5

不仅做某种事的人常常是在不正当地行动，而且不做某种事的人也常常是在不正当地行动。

◎古罗马石雕

## 16

有理性的社会动物的善恶不是在消极的活动中，而是在积极的活动中，正像他的德行与恶行不是在消极的活动中而是在积极的活动中一样。

## 17

对于那被往上掷的石头来说，落下绝非一种恶，而它被人携带也的确并非一种善。

## 18

深入到人们的指导原则之中，你将看到你害怕什么判断，它们自身又是一种什么判断。

## 19

一切事物都在变化中，你自身也是在不断的变化中，在某种程度上也是在不断的毁灭中，整个宇宙也是如此。

## 20

让别人的恶劣行为留在原地而不影响你是你的义务。

## 21

活动的停止、运动和意见的停止、它们在某种意义上的死亡，这些绝不是恶。现在转而考虑你的生命，你作为一个孩子、一个青年、一个成人和一个老人的生命，因为在这里面每一变化也都是一种死。这是值得害怕的事情吗？现在转而考虑你在你的祖父身边的生活，然后是你在你母亲身边的生活、你在你的父亲身边的生活，当你发现许多别的差别、变化和毁灭时，问你自己，这事情值得害怕吗？那么，同样，你整个生命的熄灭、停止和改变也绝不是一件需要害怕的事情。

◎庞培古城考古遗址

## 22

抓紧时间去考察你自己的支配能力、宇宙的支配能力和你邻人的支配能力。对于你自己的支配能力，你可以使它正直；对于宇宙的支配能力，你可以记住你是它的一部分；对于邻人的支配能力，你可以知道他是无知还是有知地行动，你也可以考虑他的支配能力是类似你的。

## 23

由于你自己是一个社会体系的构成部分，你也要让你的每一行为都成为社会生活的一个构成部分。那么，你的所有跟社会目的没有直接或间接关联的不论什么行为，就都会分裂你的生命，打破它的统一，就都有一种叛逆的性质，正像在公共集会上，一个人脱离普遍的协议而我行我素。

## 24

小孩子们的争吵，他们的运动，可怜的携带着死去的身体的精神，一切都是这样。所以，在死者宅第的描绘中所展现的东西，更清楚地映入我们的眼帘。

◎庞培古城考古遗址局部

## 25

洞察一个对象的形式的性质，把它同它的质料部分完全分开，然后沉思它，然后判断时间，即这一特殊形式的事物自然要持续的最长时间。

## 26

当你的支配能力做出它天生要做的事时，你由于对它不满意而忍受了无数的苦恼。但这已经够了。

## 27

当一个人谴责你或仇恨你时，或者当人们谈论伤害你的事情时，去接近他们可怜的灵魂，深入其中，看他们是什么性质的人。你将发现没有理由因这些人可能对你有这种或那种意见而心生苦恼。无论如何你必须好好待他们，因为他们天生就是你的朋友。神灵在各方面譬如通过梦、征兆帮助他们达成那些他们所重视的事情。

## 28

宇宙的周期运动是一致的，从一个时代到另一个时代往返不已。或者是宇宙的理智力自身运动产生各种各样的结果，如果是这样，你就要满足于它活动的结果；或者是它一旦推动，别的一切事物就以一种连续的方式来到；再不然就是不可分割的元素是所有事物的根源。——总之，如果有一个神，就一切都好；如果一切是偶然性的统治，你也不要受它的支配。

大地不久就要掩埋我们所有的人，然后这大地也会变化，从变化中产生的事物将继续变化，如此循环往复不已。因为如果一个人思考那像波浪一样一个接一个的变化和变形，思考这种变化的迅速性，他将看不起这一切会衰朽的东西。

## 29

宇宙的本原就像冬天的一条激流，它把所有东西都挟带着和它一起走。但是所有那些介入政治事务却自以为在扮演哲学家角色的可怜的人是多么无价值啊！还有所有的驱赶者。那么好，人啊，做本性此刻所要求的事吧。如果你有力量，就投入行动，不要环顾左右看是否有什么人将注意它，也不要幻想柏拉图的理想国，而只是满足于只要最小的事情进行得很好，考虑这样一件事也绝非小事。因为谁能改变人们的意见呢？不改变意见又怎么能摆脱那种在装作服从时发出呻吟的奴隶状态呢？现在来给我讲亚历山大、菲力浦和菲勒内姆的迪米特里厄斯。他们自己将判断他们是否发现了共同本性所要求的事情，因而相应地训练自己。但如果他们行动得像悲剧中的英雄，那么就没有人能谴责我模仿他们。朴素和谦虚是哲学的工作。不要使我偏离到懒惰和骄傲。

## 30

俯视那无数的人群、他们无数的庄严仪式和无限变化的在风暴或宁静中的航行，俯视那些诞生出来一起生活，然后死去的人中的种种差异。也考虑那些过去时代的人的生命、将在你之后生活的人的生命、此刻正在野蛮民族中生活的人的生命，有多少人甚至不知道你的名字，有多少人将马上忘掉它，考虑那些现在也许在赞扬你的人很快又要谴责你，那么，死后的声名就毫无价值，名望亦是，其他亦是。

## 31

让你在来自外部原因的事物的打扰中保持自由吧，让你在根据内在原因所做的事情中保持正义吧，换言之，让你的行为和活动限定于有益社会的行为，因为这符合你的本性。

## 32

你能从那些烦扰你的事物中把许多无用的东西从这条路上清除出去，因为它们完全在于你的意见，你将因此为自己获得广阔的空间：即通过在你心里思考整个的宇宙，思考永恒的时间，观察每一事物的瞬息万变，观察从生到死的短暂以及在生之前和在死之后的时间的无限深渊。

## 33

所有你看到的事物都将迅速地衰朽，那些目击其分解的人不久也将逝去。活得最长的人将被带到和早夭者同样的地方。

## 34

这些人的指导原则是什么，他们忙碌于何种性质的事情，他们因什么理由喜爱和尊重这些事情？设想你看到了他们在赤裸中的可怜的灵魂。他们以为通过他们的谴责做出了损害或通过他们的赞扬带来了利益，这是一种多么奇怪的观念啊！

## 35

损失只不过是变化。而宇宙的本性欢喜变化，通过服从它，所有事物现在都进行得很好，自古以来一直是以类似的方式进行，在无尽的未来也将如此进行。那么，你要说什么呢？难道你说所有事物一直是也将始终是坏的，在如此多的神灵中还没有发现什么力量来修正这些事物，而世界注定要以不停止恶的方式确立吗？

## 36

那作为一切事物基础的物质的腐烂！水、灰尘、骨头、垃圾，或者是大理石——土的硬化，金银——冲积物，衣服——只是一些毛皮，染织的紫袍——血，其他一切也都是同一性质。那具有呼吸本性的一个事物也是具有同样本性的另一个事物，变化从这一个到另一个。

## 37

够了，这种悲惨的生命、呻吟和愚蠢的诡计。你为什么烦恼呢？在这里有什么新的东西没有呢？有什么使人不安吗？是事物的形式吗？注意它。或者是质料？观察它。而在这些之外一无所有。那么，朝向神吧，现在终于变得更简朴、更好了。我们无论是花一百年还是花三百年考察这些事物，结论都是一样的。

## 38

如果有什么人做了错事，那么损害是对他自己的。但也许他并没有做错事。

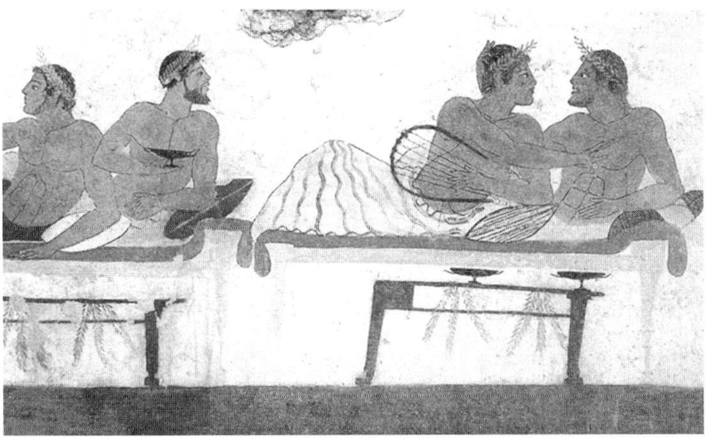

◎古罗马壁画上的同性恋肖像。在古罗马帝国时期，同性恋曾被当时的社会广泛接受，在极盛时期以不同的形式出现在文学、艺术和诗歌之中。

## 39

或者是所有东西都来自一个理智的本原，在一个身体中结为一体，那么部分就不应不满于为了整体的利益所做的事情；或者只有原子存在，除了原子的混合与分解，别无他物。那你为什么烦恼呢？要对支配的能力说：你已经死了吗？你衰朽了吗？你正在扮演虚伪者的角色吗？你要变成一头野兽吗？你与其他人群集在一起并对他们不满吗？

## 40

神灵要么有力量要么没有力量，那么，如果他们没有力量，你为什么向他们祷告呢？如果他们有力量，你为什么不向他们祷告，祈求给你这种不畏惧任何你所畏惧的事物，或者不欲望任何你所欲望的事物，或不为任何事痛苦的能力呢？反而要祈求这些事发生或不发生呢？因为可以肯定的是，如果他们能与人合作，他们也能在这些方面合作。但也许你要说，神灵已把这些能力放在你的力量范围之内。那么好，像一个自由人一样运用在你力量范围内的事物不比以一种奴性和下贱的方式欲望那不在你力量范围内的事物更好吗？谁告诉你说神灵甚至在我们力量范围内的事情上也不帮助我们呢？那么，去为这样的事情祷告吧。正如你所见，当一个人那样祷告：我怎样才能与那个妇人同床共枕呢？而你却要这样祷告：我如何才能使自己不抱这种欲望呢？当别人那样祷告说：我怎样才能不丧失我的幼子呢？而你要如此祷告：我怎样才能做到不害怕失去他呢？总之，要以这样的方式祷告，然后再看看结果。

## 41

伊壁鸠鲁说，我在病中的谈话并不涉及我身体的痛苦，我不对拜访我的人谈这一话题，而是继续像先前一样讨论事物的性质，保持着这一主题，即心灵在分担可怜的肉体中进行的运动时，怎样免受扰乱，坚持它恰当的善。他说，我不给医生机会做出一副庄严的神情，仿佛他们正做着什么伟大的事情，而我的生命正平静和幸福地运行。那么，如果你病了，也做他在病中和任何别的场合所做的同样的事吧，因为在任何降病于我们的事情中都绝不可放弃哲学，而所有哲学派别的一个主要原则就是：不同一个无知的人或不谙自然的人做无谓的交谈，而是仅仅注意你现在正做的事情和所用的手段。

◎伊壁鸠鲁

## 42

当一个人的无耻行为冒犯你时，直接问自己，这世界上没有无耻的人存在是可能的吗？这是不可能的。那么，别要求不可能的事吧。因为这个冒犯你的人也是那些必然要在这世界上存在的无耻的人中的一个。当你碰到骗子、背信弃义的人以及其他一切以某种方式行恶的人时，也使同样的思想在你心中呈现，因为这样你马上可以提醒自己，不存在这种人是不可能的，你将变得对每一个人的态度都更为和善。在这种时候，马上领悟到这一点也是有用的：想想自然赋予那对立于一切邪恶行为的人以什么德性。因为自然给了人某种别的力量，作为抵制愚蠢的人、疯狂的人以及另一种人的一种解毒剂。在任何情况下，你都有可能通过劝导迷路的人而纠正他们，因为每个做错事的人都是迷失了他的目标，走上了歧途。此外你还有什么地方被损害了呢？因为你将发现在那些冒犯你的人当中，没有一个做了能使你的心灵变坏的事情，而那对你是恶的东西和损害只是在心灵里才有其基础。如果没有受过教育的人做出一个无教养的人的行为，那么产生了什么伤害呢？或者有什么值得奇怪的呢？考虑一下是否你还不如谴责自己，因为你没有预先就料到这种人会以这种方式犯错误。因为你本来有理智给予的手段去假设他会犯这种错误，而你却忘记了使用，还奇怪他所犯的错误。在大多数你谴责一个人背信弃义或忘恩负义的场合，你都可以这样责备自己。因为这错误显然是你自己的，你或者是相信了一个有这种倾向的人将遵守他的诺言，或者是你在赐予你的善意时并没有绝对地赐予，也不是以那种你将仅仅从你的行为中获得所有利益的方式赐予，当你为某人做出某种服务时还想得到更多的东西吗？你不满足于你做了符合你本性的事情，还想寻求对它的酬报吗？就像假如眼睛要求给观看以酬报，脚要求给行走以酬报一样吗？因为身体的这些部分是因为某种特殊目的而造就的，通过按照它们的各自结构工作而获得属于它们自己的东西，所以人也先天就是为仁爱行为而创造的，当他做了仁爱的行为或者别的有助于公共利益的行为时，他就是符合他的结构而行动的，他就得到了属于他自己的东西。

# 卷十

## 1

噢，我的灵魂，难道你不愿意善良、朴实、纯净、坦白，使这些比将你环绕的身体更为明显吗？你不愿享受一种宽仁和满足的气质吗？你不愿意充实、毫无匮乏、不渴望更多东西、不欲求任何事物（不论是有生命的还是无生命的）以营造快乐和享受吗？你也不渴望较长的愉快的时光，不欲求合宜的环境和气候，或者你可以和谐相处的人群吗？但你会满意于你现在的条件，对所有你周围的东西感到欣喜吗？你要使自己相信你拥有一切，相信它们是从神灵那儿来的，相信一切对你都是适合的，相信所有使神灵愉悦的东西都是好的，所有他们为保存完善的生命的存在，为保存善、正义和美而给予的东西都是好的吗？那完善的生命存在概括和结合了所有事物，包含和囊括了所有那些为了别的类似事物的产生而分解的事物。你不愿这样吗——使你和神灵及人们共同生活在一起而全然不抱怨他们，也不被他们谴责？

## 2

就你仅仅被本性支配而言，注意你的本性所要求的，然后接受它，履行它，只要你的本性就你是一个活的存在而言不致损坏。接着你必须观察你的本性就你是一个活的存在而言对你所要求的。所有这些你都可以应允自己，只要你的本性就你是一个理性动物而言不致损坏。但理性动物也因此是一种政治（社会）动物。那么运用这些规则吧，不要使自己为任何别的东西苦恼。

◎古罗马城市遗址

## 3

一切发生的事情都或者是以你天生就是被创造出来忍受它的方式发生，或者是以你并不是天生就被创造出来忍受它的方式发生。那么，如果它是以前一种方式发生，不要抱怨，而要以你天生是被创造出来忍受它的态度来忍受它。但如果它是以后一种方式发生，也不要抱怨，因为在它消耗完你之前自己就会消失。然而要记住：你是天生被创造出来忍受这一切的，你要依赖你自己的意见使它们变得可以忍受，通过思考这样做或者是你的利益，或者是你的义务。

## 4

如果一个人错了，那么就和善地指引他，说明他的错误。但如果你不能够，那么就责备你自己，甚或连自己也不责备。

## 5

无论什么事情对你发生，都是在整个万古永恒中就为你预备好的，因果的织机在万古永恒中织着你和与你相关联的事物的线。

# 6

不管宇宙是原子的集合，还是说自然是一体系，首先要确信我是本性所支配的整体的一部分；其次，我在某种程度上和与我同类的其他部分密切关联着。因为要记住这一点，由于我是一个部分，对于一切出于整体而分配给我的事物，我都不会不满意。因为凡是为了整体的利益而存在的，对于部分就不会有害。因为整体不会包含对它无益的东西；一切本性固然都有这个共同的原则，但宇宙的本性除此之外还有这个原则：它甚至不能由任何外面的东西迫使它产生任何对它自己有害的东西。因此，由于记住

◎莱波蒂斯考古遗址中的角斗场

我是整体的一部分，我就会对所有发生的事情满意了。而由于我和与我同类的那些部分在某种程度上密切关联着，我就不会做反社会的事情，而宁愿使自己趋向我的同类，把我的全部精力用于公共利益，而拒绝与公共利益相反的事情。那么，如果这样做，生活就一定会幸福，正像你可以看到的：一个不断做对其他公民有利的事情的人，不断满足国家指派给他的一切的人，他的生活是幸福的。

## 7

整体的各个部分，我的意思是，自然地包含在宇宙里的一切事物，都必然要毁灭，但是要在这样的意义下来理解毁灭，即它们必定要经历变化。但假如对于各个部分来说，这件事自然地既是一种恶又是一种必然，那么整体就不会在一个好的条件下继续存在了，因为它的各个部分都在变化中，并且它们的结构使得它们以不同的方式毁灭。究竟是自然自身计划好对那些作为它的部分的事情行恶，从而使它们从属于恶，并且必然地陷入其中呢，还是这些结果发生了而自然并不知道呢？事实上，这些假设都是不可信的。但如果一个人即使不用“自然”这个词（作为一种发生作用的力量），也把上述的事情都说成是自然的，即使是这样，一方面肯定整体的各部分以其本性从属于变化，同时另一方面又觉得惊奇或烦恼，好像有什么违反本性的事情在发生，特别是当事物分解为每一事物由以组成的那些事物时感到烦恼和惊奇，那将是可笑的。因为或者是组合成事物的各元素的分解，或者是由固体到泥土，从气体到气的转变，使这些部分回到宇宙的理性，而这或者是在一定周期内为火所消灭，或者是为永恒的变化所更新，不要想象固体和气体的部分从产生时起就属于你。因为它们所得到的这一切生长，可以说只是昨天和前天由食物和吸进的空气而带来的。那么，得到生长、变化的这一切，并不仅仅是你母亲所产生的。但可以设想你母亲所产生的东西是使你在很大程度上与那另外的具有变化特性的部分连在一起，事实上这并不有悖于上面所说的。

## 8

如果你获得了这些名称：善良、谦虚、真诚、理智、镇定、豁达，注意不要改变它们；如果你失去了它们，要迅速地找回它们。记住“理智”这个词是表示对一切个别事物的一种明辨并且摆脱了无知；“镇定”是指自愿地接受共同本性分派给你的事物；“豁达”是指有理智的部分超越肉体使人愉悦或痛苦的感觉，超越所有那些被称之为名声、死亡之类的可怜事物。那么，如果你要自己保有上述这些名称，而不想由别人来称呼这些名称，你将成为另一个人，进入另一种生活。因为，继续保持你原来的样子，被这样一种生活撕碎和玷污，是一个大傻瓜和过分溺爱自己的生命的人才有的品格，就像那些同野兽搏斗并被咬得遍体鳞伤的角斗士，他们虽然满身伤口和血块，还是恳求被养到第二天，虽然他们将在同样的状态下被投给同样的牙齿和爪子进行撕咬。所以你要固守这几个名称，如果你能居于它们之中，那就仿佛你回到了某个幸福之岛居住。但如果你察知你脱离了它们，没有把握住它们，那么勇敢地去你将保有它们的一隅，马上放弃生命，不是在激情中，而是朴实、自愿和谦虚地放弃生命，在做了这件至少在你生命中可赞美的事之后，再如此离开它。然而，如果你记住神，记住他们虽然不愿意被奉承，但希望所有有理性的存在塑造得和他们类似，记住一株无花果树的工作就是做一株无花果树，一只狗的工作就是做一只狗，一只蜜蜂的工作就是做一只蜜蜂，一个人的工作就是做一个人，那么这将会对你大有助益，帮助你记住这些名称。

## 9

滑稽戏[1]、战争、惊奇、呆钝、奴役将每日驱逐你那些神圣的原则。你没有研究自然而想象了多少事物？你忽视了多少事物？那么观察和实践一切事情，同时完善你应对环境的力量，训练思考能力，不炫耀但也不隐藏地保有一种来自对每一个别事物的知识的确信，就成为你的义务。你要在什么时候享受简朴，享受庄严，享受一切单个事物的知识呢？那些知识包括：每一事物在实体中是什么，在宇宙中居何地位，它要以这种形式存在多久，它是由什么东西所构成，隶属于谁，谁能给予它和拿走它。

## 10

一只蜘蛛抓住一只苍蝇时是骄傲的。而当另一种动物（指人）抓住一只可怜的野兔时，在网里抓住一些鱼时，捕获一头野猪或者熊时，俘虏萨尔马提亚人时也是骄傲的。如果你考察他们的意见，这些人不是强盗吗？

---

1 一种罗马舞台剧。——译者注

## 11

◎马可·奥勒留

掌握这种凝思的方式：观察所有的事物是如何互相变化的，始终注意着这种变化，在哲学方面训练你自己。因为没有什么东西如此适合产生豁达。这样的人不关心身体，因为他明白他必须在某个时刻（无人知道多久）离开人世，把一切都留在这儿，他仅注意在他的所有行动中行为正直，而在其他一切发生的事情中则顺从宇宙的本性。至于别人将怎样说他或想他，或反对他，他甚至没考虑过这个问题，而只是使自己满足于这两件事情：一是满足于在他现在做的事情中行为正直；二是满足于现在分派给他的事物。他搁置了所有分心和忙碌的追求，除此以外别无所欲——通过法走一条笔直的路，通过这条直路追随神。

## 12

既然探讨应当做什么是在你的力量范围之内的，那么多疑的畏惧又有何必要呢？如果你看得清楚，满意地走过去而不要折回；

如果你看不清楚，停下来询问最好的顾问。但如果有什么别的东西反对你，那么根据你的力量谨慎明智地继续前行，保持那看来是正当的东西。因为达到这一目标是最好的，如果你做不到，也要让你的失败是尝试后的失败。在所有事情上遵循理智的人，既是宁静的又是积极的，既是欢乐的又是镇定的。

## 13

一从睡眠中苏醒就问自己，如果另一个人做了正义和恰当的事，对你是否将有什么不同。这不会有什么不同。

我设想，你没有忘记吧，那些在褒贬别人时态度傲慢的人是怎样的人，他们是在床上或船上的人；你没有忘记吧，没忘记他们所做的、所避开的、所追求的，以及他们如何偷、如何抢，不是用手脚，而是用他们最宝贵的部分。当一个人愿意时，本可以用这一部分产生出忠实、谦虚、真诚、守法和一个好的守护神（幸福）。

## 14

对那给出一切并收回一切的自然，有教养和谦虚的人说，按你的意愿给吧，按你的意愿收回吧。他不是骄傲地这样说，而是怀着忠顺和对自然的欣喜说出这番话。

## 15

你正是风烛残年。像在一座山上一样生活吧。因为如果一个人生活在世界上任何地方都像生活在一个国家（政治团体）中一样，那么住这儿或住那儿对他而言并没有什么区别。让人们看看，让他们认识一个真正按照本性生活的人。如果他们忍受不了他，就让他们杀了他。因为这比像他们一样生活还要好些。

## 16

全然不要再谈论一个高尚的人应当具有的品质，而是要成为这样的人。

## 17

不断地沉思全部时间和整个实体，考虑所有个别的事物对实体来说就像是沧海一粟，对于时间来说就像是螺丝刀的一下转动。

## 18

注意一切存在的事物，观察那已经分解和变化的事物，就像它是在腐朽和消散，或者一切事物都是先天地如此构成以至必然毁灭。

## 19

考虑人们在吃饭、睡觉、生产、娱乐时是什么样的人，然后考虑他们在不敬或傲慢，或者居其高位发怒和叱责时是什么样的人。而在不久之前他们是多少人的奴隶，是为了什么事情受人奴役，考虑过一会儿他们又将进入什么状态。

◎古罗马壁画中正在做体育运动的女性

## 20

宇宙的本性带给每一事物的东西都是有利于它们的。当本性带给它们时，那是有益于它们的。

## 21

“大地喜爱阵雨”，“喜爱神圣的以太”。[I] 宇宙喜爱创造将要出现的事物。那么我对宇宙说，我像你喜爱一样喜爱。这不也说了吗——“这种或那种事物喜爱（习惯于）被产生”？

## 22

或是你住在这儿，已经使自己习惯了这里；或是你要离开，这是你自己的意志；或是你要死去，卸下你的义务。而在这些事之外一无所有。那么，好好地欢乐地生活吧。

## 23

让这对你总是明白的：这块陆地跟别的陆地一样，这里所有的事物跟一座山上的，或者海里的，或者任何你愿去的地方的事物一模一样。因为你将发现正像柏拉图所说的，居于一座城的城墙之内就跟居于山上一个牧人的草棚中一样。

---

I 欧里庇得斯戏剧断片。——译者注

## 24

我的支配能力现在对我来说是什么呢？我现在正把它塑造成什么性质呢？我现在正为了什么目的运用它呢？它缺少理解力吗？它放荡不羁，跟社会生活没关系吗？它融入并与可怜的肉体混合以至倾向于与肉体结为一体吗？

◎古罗马皇帝（中）、扈从（左）和贵族（右）

## 25

从主人那里逃走的人是逃亡者，但现在主人是法，那违反法的人是逃亡者。那悲叹、愤怒或者畏惧的人也是逃亡者，他因为某些过去或现在或将要产生的事由所有事物的统治者指派而不满，这统治者就是法，他分派给每人以适合的东西。那么，那悲叹、愤怒或者畏惧的人就是逃亡者。

## 26

一个男人放一粒种子在一个子宫里，然后离去了，另一种本原接着照管它，作用于它，使之成为一个孩子。从这样一种质料中产生了一种什么东西啊！然后，这孩子通过喉咙吃下食物，另一种本原又接着照管它，造出知觉和运动，以及健康的生命、力量和别的东西。有多少人是这样成长的，而这又是多么奇怪啊！然后观察以这种隐蔽方式造就的事物，观察这种力量正像我们观察那使事物上下运动的力量一样，当然不是用眼睛，但并非因此就不清晰。

## 27

不断地思考所有现存的事物在过去也是这样存在，思考它们在将来也会一样存在。使你的眼前呈现同样形式的所有戏剧和舞台，无论它们是从你的经验中还是从历史中得知的。例如，赫德里安的整个宫廷，安东尼的整个宫廷，还有菲力浦、亚历山大、克里瑟斯的整个宫廷，因为所有过去的这些都是我们现在所看到的戏剧，只是换了演员。

◎赫德里安别墅

## 28

想象一下所有悲叹或不满于一切事物的人，他们就像是一只作为牺牲的猪那样挣扎和叫喊。

那躺在床上因为人们被束缚而默默哀伤的人，也像这只猪，考虑一下自愿地顺从所发生的事是仅仅给予理性动物的品质，而顺从则是加于所有存在物的一种必然。

◎赫德里安大帝侧面像

◎赫德里安别墅一景

## 29

在你做所有事情的场合，都停下来问问自己：是否由于死亡剥夺了你做这事的机会，死亡就是一件可怕的事情。

## 30

当你因什么人的错误生气时，立刻转向自己，想想你自己是否犯过类似的错误，例如，以为金钱是一件好东西，或者快乐、一点名声等等是好东西。因为通过注意这些，你将迅速地忘记你的愤怒，如果再加上这一考虑：这个人是被迫的，他怎么能不这样做呢？或者，如果你能够，那么为他解除压迫吧。

◎古罗马银币，背面是宙斯和胜利女神驾着驷马车

# 31

当你见到苏格拉底派学者萨特隆[I]时，想想尤提切斯或希门；当你见到幼发拉底斯时，想想特洛珀奥佛勒斯；当你见到阿尔西佛隆时，想想尤梯切翁或西尔温拉斯；当你见到色诺芬[II]时，想想克里托或西维勒斯；当你反观自己时，想想任何别的恺撒[III]。他们每个人都是以类似的方式行动的。然后让这一思想出现在你心里：这些人现在都在哪里呢？无处可寻，无人知道。因为通过这样不断地思考，你将把人看作尘土和完全的虚无，特别是如果你同时思考一旦变化的东西绝不会在时间的无限持续中再存在。而你，你的存在占据一个多短的时间呢？你为什么不满足于以一种有秩序的方式通过这一瞬间呢？你在为你的活动避免

◎色诺芬

I 萨特隆（Satyrom），与马可·奥勒留同时代的哲学家。
II 色诺芬（Xenophon，约前430—约前355或前354），古希腊历史学家、作家，苏格拉底的弟子。著有《希腊史》《万人远征记》《斯巴达政休论》《居鲁士的教育》《回忆苏格拉底》《阿格西劳斯传》。
III 这里的“恺撒”，指的是被授予恺撒称号的皇帝。

什么事件和时机呢？所有这些事物，除了在理性细察和深究那发生于生活中的事物的本性时被用来训练理性之外，难道还有什么别的用处吗？那么坚持到你把这些事物转变成属于你自己的时候为止吧，就像那结实的胃把所有食物变成它自己的一样，像那大火使投入其中的一切东西的火焰和亮光都成为自己的一样。

## 32

让所有人都不能如实地说你不是简朴的或不是善的，让所有认为你没有这种品质的人都成为说谎者，这些完全是在你的力量范围之内的。因为谁能阻止你成为善良朴实的人呢？除非你成为这种人，否则你就只能决定不再生存。因为如果你不是这种人，理性绝不允许你生存。

## 33

对于这一质料（我们的生命），能以最符合理性的方式做或说的事情是什么呢？无论这事情是什么，做它或说它都在你的力量范围之内，不要为你受阻而辩解。你的心灵要进入这样一种状态你才会停止哀伤，那些享受快乐的人是多么得意，而你的状态却是这样：对于那隶属和呈现于你的事情，按照人的结构去做这些事，因为一个人应当把根据他自己的本性行事是他力所能及的这一点看作一种享受。无论他身居何处，这都在他的力量范围之内。而这种能力却没有给予到处滚动的一个圆筒，也没有给予水、火以及一切受自然或无理性灵魂支配的事物，因为阻止它们和挡住它们的东西是很多的。而理智和理性却能顺利地通过一切反对它们的事物，它们是先天就被赋予这种能力的，这也是它们所愿意的。总是把这种便利置于眼前，理性据此将顺利通过所有事物，就像火苗上蹿、石头下落、圆筒顺着斜坡往下滚一样，不要再寻求别的。因为所有其他的障碍或者只是影响那无生命的物体，或者只有通过意见和理性的许可，它们才能产生压迫或做出损害；因为如果它们做出了损害，那感受到这损害的人将马上变得悲惨。在一切有某种结构的事物那里，无论它们发生什么损害，那被如此影响的事物就会因此而处境变坏，而在类似的情况中，可以说，一个人通过正确地运用这些事物却会变得更好，更值得赞扬。最后记住：那不损害到国家的事情，也绝不会损害到真正的公民；那不损害到法（秩序）的事情，也绝不会损害到国家；而被称为不幸事件的这些事中并无一个损害到法，那么，不损害到法的东西也就绝不会损害到国家或公民。

# 34

对于把握了真正的原则的人来说，甚至最简单的箴言也是足够的。任何普通的箴言都能提醒他要摆脱哀伤和畏惧。例如：

树叶，一些在地上被风驱散的树叶——而这就是人类。[1]

你的孩子们也是树叶，那些仿佛配得上称颂和赞扬的人，或者因相反的诅咒、暗中的谴责和轻蔑而呼号的人，也是树叶。同样，那些将要获得名声并把它传于后世的人也是树叶。因为所有这些东西就像诗人所说，是“从春天产生的”，然后风把它们吹下来，然后树木又在它们原先的地方长出新的叶子。所有事物都只有一个短暂的存在，而你却避免和追求所有事物，仿佛它们是永恒的一样。再过一会儿，你就将合上你的眼，那为你上坟的人不久也要被人悼念。

◎古罗马殿柱遗址

1 荷马《伊利亚特》，第6章，第147行。——译者注

## 35

健全的眼睛应当看所有可见的事物，而不是只希望看绿色的东西，因为这愿望是一双病眼所要求的。健全的听觉嗅觉也应当乐意去察觉所有能听到和闻到的东西。健全的胃应当像磨对待所有它天生要磨的东西一样对待所有食物。所以，健全的理智应当是为所有发生的事情准备的，而这种说法——让我亲爱的孩子活着，让所有人赞扬我做的一切，就如同一双寻求绿色事物的病眼，或一副寻求柔软食物的朽牙一样。

## 36

没有一个人会如此幸运，以至在他临死时身边没有对他的死感到松快的人。假设他是一个好人、一个智者，最后不也会有人心里这样说吗：让我们最终摆脱这位老师而自由地呼吸吧，确实，他对我们任何人都不严厉，但我想他是在默默地谴责我们。——这就是对一个好人所说的。而在我们的境况里，有多少别的原因使许多人希望摆脱我们。那么，当你临死时你要想到这一点，你要这样思考以便较满意地离开：我就要从这样一种生活中离去了，在这种生活中甚至连我如此努力地为之谋利、祈祷和关心的同伴也希望我离去，希望也许能从中得到一点好处。那么一个人为什么要执着于一种在尘世间较长时间的逗留呢？然而也不要为此就在离去时对他们态度不和善，而是坚持你自己的品格，友好、仁爱和温柔；另一方面不要做得仿佛你是被拖走的，而是像一个安详地死去的人一样。可怜的灵魂是容易同身体分开的，你同人们的分离也应当是这样，因为自然曾把你与他们联系和结合起来。但现在它分解了这一结合吗？好，我就像从同类中分离一样，无论如何不要推推搡搡地抵抗，而要甘心情愿，因为这也是合乎自然的一件事。

## 37

碰到任何人做什么事时都尽可能地使自己习惯于这样自问：这个人做这件事是为了什么目的？但从你自己开始吧，先考察你自己。

## 38

记住，那操纵你的是隐蔽在内部的：这是信念的力量，这是生命，如果可以这样说的话，也可以说这是人。在思考你自己时绝不要包括那将你围绕的皮囊和那些依附于它的东西。因为它们就像是斧子，差别仅在于它们是长在身体上的。由于没有推动和制约它们的本原，这些部分的确不比织工的梭子、作家的笔和牧人的鞭子有更多的用处。

# 卷十一

## 1

理性灵魂有下列性质：它观察自身，分析自身，把自身塑造成它所选择的模样，自己享受自己的果实——而植物的果实和动物中相应于果实的东西是由别人享受的——它达到它自己的目的而不管生命的界限终于何处。它不像在一个舞蹈或一场戏剧或别的类似事物中那样，只要被什么东西打断，整个活动就是不完整的；它是全面的，无论它在哪里停止，都使置于它之前的东西充分和完整，以至它可以说：我拥有属于我所有的。加之它横贯整个宇宙和周围的虚空，概览它的形式，它使自己伸展到无限的时间之中，囊括和领悟所有事物的时代更替，它领悟到我们的后人将看不到任何新东西，而我们的前人也不比我们见得更多，而是在某种程度上，一个四十岁的人，如果他有完整的理解力，他就能通过那君临万物的齐一性看见所有存在过和将要存在的事物。这也是理性灵魂的一种性质：热爱邻人，热爱真理和谦虚，除了重视那也是法之性质的理性自身，再不重视任何别的东西。这样正确的理性就和正义的理性毫无二致了。

## 2

如果你把一支乐曲分割成一个个的声音，然后对每一个声音自问，你是否被它征服，那样你将对悦耳的歌曲、舞蹈和拳击比赛评价颇低。因为你将羞于承认，在舞蹈中，是否你做出的每个动作和姿态都是同样的，在拳击中也是一样。那么，除了德性和有德性的行为，记住对所有事物都使自己注意它们的一个个部分，通过这种划分达到对它们评价颇低，也把这一规则应用于你整个的生活。

◎古罗马战士

## 3

如果一个灵魂随时准备好从身体分离的时刻的到来，准备好或者毁灭，或者消散，或者继续存在，那么这是一个怎样的灵魂啊！但这种欣然的准备是来自一个人自己的判断，而不是来自仅仅是一种基督徒式的顽固。[1]这种准备是深思熟虑的、有尊严的，以一种使别人信服的方式进行，且没有任何悲惨的表情。

## 4

我为公共利益做过什么事情吗？那么好，我从自身这里得到了奖赏。让我的心灵总是想到这一点，决不停止行这种善。

◎古罗马公共厕所局部

1 “基督徒”也许是一个后来的注解。——译者注

## 5

什么是你的技艺？成为善的。而除非通过一些有关宇宙本性的普遍原则和另一些有关人的恰当结构的普遍原则，怎么能好好完成此事呢？

## 6

最初上演的悲剧是作为一种手段提醒人们注意对他们发生的事情，提醒他们：事情如此发生是符合自然的，如果你喜欢那在舞台上展现的事情，你也不会为在更大的舞台上发生的事情苦恼。因为你看到这些事情是必须如此完成的，甚至那些喊出“啊，天哪”的人也忍受了它们。[I] 的确，对有些事情戏剧家说得很好，特别是下面的话：

如果神灵忽视我和我的子孙，
那自然有它的理由。[II]

以及：

---

I 见索福克勒斯《奥狄浦斯王》，第1391行。——译者注
II 欧里庇得斯戏剧断片。——译者注

我们决不要为发生的事愤怒和焦躁。

还有：

生命的果实收割起来就像丰硕的麦穗。

以及诸如此类的其他说法。

在悲剧之后引进了古老的喜剧，这种喜剧里有一种肆无忌惮的信口开河，但这种话语的坦率有助于提醒人们懂得什么是傲慢，因此之故第欧根尼过去也常引用这些作家的话。

至于随后出现的中间时代的喜剧，观察它是什么，再看这一新的喜剧是因什么目的被引进的，它渐渐地沦为一种仅仅插科打诨的技巧。每个人都知道：甚至这些作家也说了一些好的话，但这类诗人和剧作家的戏剧都是倾向于什么样的目的啊！

## 7

这看来是多么明白啊：没有一种生活条件比你现在碰巧有的条件更适合哲学。

## 8

从邻枝上切下的一根枝条必定也是从整棵树上切下的。所以，一个人若同另一个人分离，他也是同整个社会分离。对于枝条来说，还是另外的东西切下了它，而一个人却是通过自己的行为使他同他的邻人分离——当他憎恨别人和不睬别人的时候。他不知道他同时也使自己与整个社会体系分开了。但他还是拥有一种肯定来自创造社会的宙斯的特权，因为逐渐地再回到那接近于我们的社会，再变成整体的一个部分，这是在我们的力量范围之内的。然而，如果这种他离时常发生，对于那他离者来说，被带到统一，回到它先前的状态就要困难了。最后，那最初与树一起生长迄今一直与树共享一个生命的枝条，并不像那先切下来再嫁接上去的枝条，因为后者正像园丁所说，当它与树的其余部分一起生长时，它并不拥有和树同样的心灵。

## 9

正像那些在你按照正确的理性行进时企图阻碍你的人并不能使你偏离自己的正道一样，也不要让他们驱散你对他们的仁爱之情，而只是同样地提防两件事情：不仅保持自己判断和行为的稳定性，而且和善地对待那些试图阻止你否则就给你吃苦头的人。

因为，因他们而烦恼，就和由于畏惧而偏离你的行动路线或让步一样，也是一种软弱，因为这两种人，即由于畏惧而这样做的人，和使自己疏远于天生是自己同胞和朋友的人，都是放弃自己的立场。

## 10

没有任何本性低于技艺，因为技艺是对事物本性的模仿。但如果是这样，那所有本性中最完善和最普遍的本性也就不会缺少技艺。既然所有技艺都是为了更高的技艺而做次等的事，那么宇宙的本性也是这样安排的。的确，正义的根本性也是源于此，别的德性都在正义中有其基础，因为，假如我们关心的是中间的（中性的事物），或者容易受骗、轻率和易变，正义也就不能被遵循。

## 11

如果事物不趋向你，对事物的追求和躲避困扰着你，你还是要以某种方式趋向它们。那么让你对它们的判断进入宁静吧，它们也将保持安静，人们将不会看到你在追求或躲避。

## 12

球状的灵魂保持着它的形象：如果它既不伸展到任何物体，也不向内收缩，不发散也不凝结，而是被光芒照耀，借这种光看到真理，看到所有事物和它自身的真理。

## 13

假设有什么人蔑视我，让他自己去注意这种蔑视吧。而我要注意的是这一点：人们看到我不会去做或者说配受蔑视的任何事情。有什么人憎恨我吗？让他去注意这憎恨吧。但我要使自己对每个人都和善、仁爱，甚至乐意向恨我者展示他的错误，而不是斥责他，也不是做出一副忍耐的样子，而是像伟大的福西昂[1]那样，表现得高贵和诚实，除非他的确顽固不改。因为次等的部分应当是这样，一个人应当让神灵看见自己不是不满或者抱怨。如果你现在正做着使你自己的本性愉悦的事情，如果你对此刻适合宇宙本性的事情感到满意，因为你是放在你的地位上的一个人，以便可以以某种方式做促进共同利益的事情，那么，还有什么对你是恶的呢？

---

1 福西昂（Phocion，前402—前318），古希腊著名政治家和军事将领。

## 14

人们相互蔑视，又相互奉承，人们都希望自己高于别人，又各自匍匐在别人面前。

## 15

那说他决心公正地待你的人是多么不正常和不真诚啊！——人啊，你在做什么？没有必要发出这一通知，它马上就会通过行动来显示。愿望应当明白地表现为你的举止。一个人的品格也是，直接在他的眼睛里显示，正像恋人立即从对方的眼睛里读出一切。诚实和善良的人应当就像一朵香味浓郁的鲜花，以至其他人一旦接近他就知道他的意愿。而矫揉造作的朴实却像一根弯曲的棍子。没有什么比那种豺狼似的友谊（虚伪的友谊）更可耻的了。要尽最大努力避免它。善良、朴实和仁慈都明确无误地在眼睛里展示。

## 16

至于以最善的方式生活，这种力量在于灵魂，只要它对无关紧要的事物采取漠然的态度。它之所以能采取漠然的态度，在于它对每一个这样的事物都看其部分，又看其整体；还在于它记住这些事物中没有哪一个能使我们对它产生意见，也不会接触我们，这些事物都是始终不动的，是我们自己做出了对的判断，我们可以说，是我们自己把它们写在我们心里，因此我们是可以不写它们的，如果偶尔这些判断不知不觉地进入我们心里，我们是可以消灭它们的；还在于我们也记住，这样的念头只会存在一个短暂的时期，届时生命就要结束。此外，这样做有什么困难呢？因为，如果这些事物是合乎自然的，就喜欢它们吧。它们对你而言是惬意的。但是，如果是违反自然的，那就去找合于你自己本性的东西，努力追求它，即使它不会带来名誉，因为每个人都是可以去寻求他自己的善的。

## 17

考虑每一事物是从何而来，由什么东西组成，进入什么变化，当它改变时又变成什么性质的事物，它将没有损害地继续存在。

## 18

如果有人冒犯了你，首先考虑：我和人们之间有什么联系，我们是被造出来相互合作的，另一方面，我是被造出来放在他们之上的，就像一只公羊对于羊群，一只公牛对于牛群。要从最先的原则，从这个原则来考察这个问题：如果所有事物都不只是原子，那安排所有事物的就是自然；如果真是这样，低等的事物就要为高等的事物而存在，而这些高等的事物就要相互合作。

第二，考虑冒犯者他们在饭桌边、眠床上是什么样的人，尤其是考虑他们在什么压力下形成意见和行动，他们做他们所做的事时带着何种骄傲。

第三，如果人们是正当地做他们所做的，那我们不应当不愉快；但如果他们做得不正当，那很显然他们这样做是出于无知和不自觉。因为正像每一个灵魂都不愿意自己被剥夺真理一样，它也不愿意自己被剥夺按照其应分对每个人行动的力量。所以，当人们被称为不正直、背信弃义、贪婪，总之是对邻人行恶的人时，他们是痛苦的。

第四，考虑你也做了许多不正当的事情，你是一个和他们相仿的人，即使你戒除了某些错误，你还是有犯这些错误的倾向，而且你戒除这些错误，或许是出于怯懦，或许是关心名声，或许是出于其他不洁的动机。

第五，考虑你甚至不知道人们是否真的在做不正当的事情，因为许多事情都是由于某种环绕的关系而做出的。总之，一个人必须学习许多东西，以便他能够对另一个人的行为做出正确的判断。

第六，当你十分烦恼或悲伤时，想一下人的生命只是一瞬，我们都很快就要死去。

第七，那打扰我们的不是人们的行为，因为那些行为的根基在他们的支配原则中，那打扰我们的是我们自己的意见。那么就先驱除这些意见，坚决地放弃你对一个行为的判断吧——仿佛它是什么极恶的东西，这样你的愤怒就会消失。那么我该怎样驱除这意见呢？通过思考没有哪一种他人的恶行能给你带来耻辱，因为，如果不是只有自作的恶行才是可耻的，你也必然做出许多不正当的事，变成一个强盗或别的什么人。

第八，考虑由这种行为引起的愤怒和烦恼带给我们的痛苦，要比这种行为本身带给我们的痛苦多得多。

第九，考虑一种好的气质是不可征服的，只要它是真实的，而不是一种做作的微笑或表演。最蛮横的人将会对你做什么呢，只要你对他始终保持一种和善的态度，如果条件允许，你温和地劝导他，平静地在他试图损害你的时候纠正他的错误，你这样说：我的孩子，不要这样，我们被选出来天生是为了别的什么事情的，我将肯定不会受到伤害，而你却要伤害你自己，我的孩子——这样以温和的口吻，用如此的一般原则向他说理，并说明甚至蜜蜂也不会做像他这样做的事，更不必说那些天生被造出来合作的动物了。你必须在这样做时不带有任何双重的意义或以斥责的口吻进行，而是柔和的，在你的心灵里没有任何怨恨，不要仿佛你是在对他讲演，仿佛旁观者会给出赞扬，而是要当他是独自一人，即使有别人在场……

记住这九条原则，仿佛它们是你从缪斯[I]那里收到的一个礼物，终于在你活着的时候开始成为一个人。但是你必须同等地避免奉承人们又不因他们而生出烦恼，因为两者都是反社会的，并且会导致伤害。在激起你愤怒时，让这一真理出现于你的心中吧：被激情推动是缺乏男子气概的，而和善宽厚由于是人性更欣悦的，所以更有男子气概，那拥有这些品质的人也同时拥有力量、精力和勇气，而那受制于激情和不满的发怒者却不拥有这些。因为一个人的心灵在什么程度上摆脱激情，它也就在同样的程度上更接近力量，正像痛苦的感觉是软弱的一个特征一样，愤怒也是

◎缪斯九女神

I 缪斯（Muses），希腊神话中九位文艺女神的总称。

软弱的一个特征。因为那从属于痛苦的人和那屈从于愤怒的人，都受到伤害，都是屈服。

但如果你愿意，也要从缪斯们的领袖（阿波罗）那里收到第十件礼物，这就是——希望坏人们不做恶事是发疯，因为希望者欲求的是一件不可能的事情。而只许坏人对别人行恶，却期望他们不对你做任何恶事，同样是没有理性和专横的。

## 19

有四种主要的对于优越能力的偏离是你应当始终提防的，当你发现偏离时，你应当消除它们，在每逢这种情况时都这样说：这个思想是不必要的；这种倾向是毁坏社会联合的；你所要说的东西不是来自真正的思想的；因为你应考虑一个人不表达真正的思想是最荒唐的事情之一。而第四要提防的是你因什么事而责备自己，因为这种责备是一个证据，证明在你内部较神圣的部分屈服和顺从于较不光彩和容易衰朽的部分，即身体和它粗俗的快乐。

## 20

那在你身上温和的属气和属火的部分，虽然它们天然有一种向上的趋势，但还是服从于宇宙的配置，被挤压在这一混合体（身体）之中。那在你身上属土和属水的部分，虽然它们的趋势是往下的，但也还是被提升，占据了一个并非它们自然就有的位置。这样，这些元素就以这种方式服从这个宇宙，因为一旦它们被放在什么地方，它们就必须保持在那儿直到宇宙再发出分解的信号。那么，只有你的理智部分竟然不顺从、不满足于它自己的地位，这不是很奇怪吗？且并没有什么力量强加于它，而仅仅是那些按其本性发生的事情，它却还是不服从，反而转到对立的方向。因为那倾向于不义和放任，倾向于愤怒、悲伤和畏惧的活动不是别的，只是一个偏离本性的人的行为。当支配能力不满足于发生的事情时也是如此，那么它也就放弃了它的位置，因为它是为了虔诚以及出于对正义和神灵同样的尊重而被造出来的。因为这些品质也是在满足于事物的结构这一总称下把握的，它们的确先于正义的行为。

## 21

那种在生活中没有一个始终一贯的目标的人，是不可能在他的人生中达到统一和一致的。但我所说的若不加上这一点就还是不够的：这个目标应当是什么。因为，正像在所有被多数人以这种或那种方式考虑为善的事物上并没有一致意见，而只是对某些关系到共同利益的事物有一致意见一样，我们也应当在我们的面前放置一个具有共同性质（社会性）和政治性质的目标。因为那使他自己的所有努力均指向这一目标的人，将使他所有的行为都相似，这样就将始终保持一致。

## 22

想想乡村的老鼠和城市的老鼠，想想城里老鼠的恐慌和战栗。[1]

◎鼠疫过后的罗马城

[1] 参见贺拉斯《训诫》，第2节，第6行。——译者注

## 23

苏格拉底常常以拉弥亚[I]之名，以吓唬孩子的妖怪之名称呼多数人的意见。

## 24

古代斯巴达人在举行公共庆典时常常为陌生人在遮阳棚里安排座位，而他们自己则随便在什么地方坐下。

◎《雷奥尼达在温泉关》，（法）雅克·路易·大卫，作于1814年

I 古希腊罗马神话中半人半蛇的吸血女怪。——译者注

## 25

苏格拉底向珀迪克斯解释没有到他那里去的原因。他说，这是因为我不想以最坏的结局去死，也就是说，我不想收到赞扬却不能回报。

◎《苏格拉底之死》，（法）雅克·路易·大卫，作于1787年

## 26

在以弗所人的作品中有这一箴言：要经常怀念以前时代的某个有德之士。

## 27

毕达哥拉斯嘱咐我们在清晨的时候抬头看天，这会提醒我们想起那些始终做同样的事情，并以同样的方式去做它们的工作的物体，也会使我们想起它们的纯洁和坦荡。因为在星球之上没有罪恶。

## 28

想一想苏格拉底在赞蒂帕拿走了他的外套，他就给自己裹上一件毛皮时，他是什么样的人；以及当他的朋友看见他如此穿着为他害羞并离开他时，他对他们是怎么说的。

## 29

在你亲自学习之前，你绝不可能在写作或阅读中为别人立下什么规则。在生活中就更是如此。

## 30

你是一个奴隶：自由的言谈是不适合你的。

◎《奴隶市场》，（法）杰罗姆，作于1867年

## 31

我的心在里面欢笑。[I]

## 32

他们将谴责德性，说出严苛的字眼。[II]

## 33

在冬天寻找无花果是一个疯人的行为，那在不再被允许的时候寻求儿子的人也是如此。[III]

## 34

爱比克泰德说，当一个人吻他的孩子时，他应当自言自语："明天也许他就要死去。""但这是一些凶兆之词。""那表示自然的活动的词没有一个是凶兆之词，"爱比克泰德说，"或者如果是的话，它也只不过是那种跟说麦穗的收割一样的凶兆之词。"[IV]

---

I 荷马《奥德赛》，第9章，第413行。——译者注
II 赫西俄德《工作与农时》，第184行。——译者注
III 爱比克泰德《谈话录》，第3卷，第24页。——译者注
IV 同上，第24页。——译者注

## 35

未熟的葡萄、成熟的和干枯了的葡萄，所有这些都是变化，不是变为虚无，而是变为尚未存在的某种东西。[I]

## 36

没有人能夺走我们的自由意志。[II]

## 37

爱比克泰德又说：一个人必须发现表示他的同意态度的艺术（或规则），在涉及他的活动时，他必须注意使活动参照环境做出，满足社会利益，尊重目标的价值；对于感官欲望，他应当完全摆脱它们，至于回避（厌恶），他不对任何非我们力量之内的事情表现这种态度。

## 38

他说，既然如此，那么所争论的就不是通常的问题，而是有关疯了还是没疯的问题。

---

I 爱比克泰德《谈话录》，第3卷，第24页。——译者注
II 同上，第24页。——译者注

## 39

苏格拉底常常说，你想要什么？是有理性的人的灵魂还是无理性的人的灵魂？——有理性的人的灵魂。——有理性的人中的什么灵魂呢？健全的还是畸形的灵魂？——健全的。——那么你为什么不寻求它们呢？——因为我们有了它们。——那你们为什么还争斗吵闹呢？

# 卷十二

## 1

所有那些希望通过迂回的道路得到的事物，你现在就可以得到，只要你自己不拒绝它们。这意味着，只要你能丝毫不在意整个过去，把未来也信赖地交给神，而仅仅使自己的现在符合虔诚和正义。符合虔诚就是说你可以满足于分配给你的命运，因为自然是为你分配的，你是适合它的。符合正义就是说，你可以始终坦白、毫无掩饰地说出真理，根据每一事物的价值做与法一致的事情。绝不要让别人的邪恶阻挠你，不要让意见或声音阻挠你，也不要让你可怜的肉体的感觉阻挠你，因为那将由消极的部分来照管它。那么，如果在临近死亡的不论什么时刻，你都忽视别的一切而只尊重你的支配能力和你心中的神性，如果你的畏惧不是因为你在某个时候必须结束生命，而是害怕你从未开始过合乎本性的生活，那么你将是一个配得上产生你的宇宙的人，对于你的家乡来说你也不再是一个异乡人，不再好奇于那每日发生的仿佛是未料到的事情，也不再依赖这个或那个事物。

## 2

神注视所有人的去掉了质料、罩衣、外壳和杂物的心灵（支配原则）。因为他只用他的理智部分来接触那只是从他自身获得并流入这些身体中的理智。如果你也这样做，那么你也将摆脱你许多固有的苦恼。因为那些对将他们包裹的可怜的身体不予关心的人，肯定不会因为追求衣服、居室、名声以及类似的外表和装饰而苦恼。

## 3

你是由三种东西组成的：一个小小的身体，一点微弱的呼吸（生命），还有理智。前两种东西属于你是仅就照管它们是你的义务而言的；只有第三种东西才真正是你的。因此，如果你是自己，也就是说使你的理智同这些事情分开——不管别人做了或说了什么，不管你自己做了或说了什么，不管将来可能发生什么使你苦恼的事情，不管在将你包裹的身体中或者在天生与身体结合在一起的呼吸（生命）中，有什么东西违背你的意志而附着于你，不管那外部缠绕的事物之旋涡如何旋转，为了使免除了命运束缚的理智力自身能纯粹和自由地活动，那么去做正当的事，接受发生的事，诵出真理吧，我说，如果你使这种支配能力脱离那些通过感官印象而附着于它的事物，脱离那些未来的和过去的事物，你就将使自己像恩培多克勒[I]的球体一样：

◎恩培多克勒

"浑圆无缺，在它欢乐的静止中安息。"

如果你仅仅努力过好那真正属于你的生活，即现在的生活，那么你就能这样度过你所剩的那部分生命直到你去世：不受烦扰，高贵，顺从你自己的神（即在你内心的神）。

I 恩培多克勒（Empedoclēs，前495—约前435），古希腊著名的哲学家、思想家、天文学家、医学家。

## 4

我常常觉得这是多么奇怪啊：每个人爱自己都超过爱其他所有人，但他重视别人关于他自己的意见却更甚于重视自己关于自己的意见。那么如果一个神或一个明智的教师来到一个人面前，命令他只思考和计划那些他一旦想到就要说出来的念头，那他甚至一天也不能忍受。所以我们对我们的邻人怎样想我们，比对我们怎样想自己要重视得多。

## 5

这怎么可能呢，对人类仁慈的神灵在把所有事情安排好之后，单单忽视了这一件事：某些很好的人，我们可以说，某些与神意最相通的人，通过他们虔诚的行为和严格的服从而与神意最亲近的人，他们一旦辞世，就绝不会再存在，而是完全地消失？

但如果事实上正是这样，那么你要相信如果不应当这样，神灵本来是不会这样做的。因为凡正当的事情也都是可能的；凡符合自然的事情，自然也就会使它产生。因为这事并不是正当和符合自然的，如果事实上也确不是这样，你就要深信它不应当是这样了。——因为你会看到，甚至你自己也是在这种探究中与神争论，我们不应当如此与神争论，除非他们太优秀也太公正了（以至能容忍我们）。——但如果是这样，他们将不允许宇宙秩序中的任何事物被不公正和没道理地忽视。

## 6

甚至在你无望完成的事情上也要训练自己。因为，即使在所有别的事情上不太擅长的左手握起缰绳来也要比右手更有力，因为它一直受这种训练。

## 7

考虑一个人在他被死亡追上的时候应当处在什么样的身体和心灵的状态中。考虑生命的短暂，过去和未来的无尽的时间深渊，以及所有物质的脆弱。

## 8

剥去事物的外壳而沉思它们形成的原则（形式），沉思行为的目的，考虑什么是痛苦，什么是快乐，什么是死亡，什么是名声，以及对他自己来说谁是他不安的原因；为什么一个人不可能被另一个人阻碍；考虑一切都在于意见。

◎《庞培的最后一日》，詹姆斯·汉密尔顿作于1864年

## 9

在运用你的原则时你必须像一个拳击手而不是像一个角斗士，因为后者落下他用的剑而被杀，而前者总是用他的手，除了用手不需要用任何别的东西。

◎古罗马莱波蒂斯遗址一隅

## 10

明察事物本身，把它分为质料、形式和目的。

## 11

一个有力者必须仅仅做神灵赞赏的事情，接受神给他的所有东西。

## 12

对于合乎自然发生的事情，我们绝不应当责备神灵，因为他们没有自觉或不自觉地做任何错事；也不应当责备人们，因为他们只是不自觉地做了错事。所以我们不应有任何责备。

## 13

对生活中发生的事情感到惊讶的人是多么可笑和奇怪啊！

## 14

或者是有一种命定的必然性和不可更改的秩序；或者是有一种和善的神意；或者是有一种无目的、无指导的混乱。那么，如果有一种不可改变的必然性，你为什么还要抵抗呢？而如果有一位愿意接受好意的神，那么使你自己配得上神的帮助吧。但如果存在一种没有统治者的混乱，那么满足于你在这种混乱中自身有一种支配的理性吧。即使这混乱把你带走，让它带走可怜的肉体、可怜的呼吸和别的一切，至少理智它是带不走的。

## 15

灯光照耀着，不到熄灭不会失去光芒，而在你心中的真理、正义和节制却要在你死之前就熄灭吗？

## 16

当一个人表现得像是在做什么恶事的时候，我怎么知道这就一定是一件恶事呢？即使他的确做了恶事，我又怎么知道他没有责备过他自己呢？因为这就像破坏他自己的面容。想想那不让恶人做恶事的人，他就像不许无花果树结果，不准婴儿哭啼、马嘶叫，不准别的必然出现的事物出现的人一样。一个有这种品质的人为什么必须这样做呢？那么如果你是易怒的，纠正你的气质吧。

## 17

如果这是不对的，不要做它，如果这是不真实的，不要谈它。因为你要这样努力。

## 18

在一切事物中总是去观察那对你而言作为一种现象产生的事物是什么，通过把它划分的形式、质料、目的以及它必须持续的时间来解决问题。

## 19

最终要领悟到你心中有一种比那些引起各种效果，似乎在用线拉着你的事物更好更神圣的东西。而现在你心里有什么呢？是恐惧、怀疑、欲望，还是别的同类事物？

## 20

首先，不要不加考虑地做任何事情，不要没有目的。其次，使你的行为仅仅指向一个有益于社会的目的。

## 21

考虑不久以前你还没有身体、无踪无影，你现在看到的一些事物，现在生活的一些人也不存在。因为所有事物按其本性是天生要变化、扭转和衰朽的，以便在连续的系列中的别的事物可以出现。

## 22

考虑一切都在于意见，意见是在你的力量范围之内的。那么，当你决定的时候，驱除你的意见，就像一只绕过岬角的舰队，你将发现一个平静、安稳、没有风浪的海湾。

## 23

任何一种活动，无论它可能是什么，当它在恰当的时间停止时，它并不会遭受不幸，因为它已停止了；做出这一活动的人也并非遭受不幸，因为这一活动已经停止。那么同样，由所有这些行为组成的整体，亦即我们的生命，如果它在恰当的时候停止，因为它已经停止，所以也并非遭受不幸。如果一个受到虐待的人在恰当的时候结束这一过程，他也就没有受到痛苦。而恰当的时间和界限是由本性来确定的，有时像年迈而终之类的事情是由人的特别本性来确定的，但通过其部分的变化使整个宇宙总是保持青春和完美，则总是由宇宙的本性来确定的。对宇宙有用的一切始终是好的、合乎时宜的。因此生命的终结对每个人都不是恶，因为它绝不是耻辱，这是由于它不依赖于意志也不对立于普遍利益，而且还是件好事，因为它对宇宙来说是合乎时宜并且有利的，是跟宇宙本性相一致的。在心里以和神同样的方式运动并朝着同样目标的人，也是被神推动的。

## 24

你必须预备好这三条原则。第一，在我做的事情里，不要做任何不加考虑或者违背正义的事情，而对于那些可能从外部发生在你身上的事情，考虑它或者是偶然的，或者是按照神意发生的，你绝不能谴责这种偶然或神意。第二，考虑每一存在从种子到它接受一个灵魂这段时间里是什么；从接受灵魂到交回灵魂这段时间里又是什么；考虑每一存在是由什么东西构成的，它又分解成什么东西。第三，如果你竟突然被提升到大地之上的半空中，你应当俯视人类，观察他们的差别有多大，同时也瞥一眼居于四周的空气和以太中的存在有多少；经常像你被提升那样思考，你就将看到同样的事物、相同的形式和持续的短暂。难道这些事物值得骄傲吗？

## 25

抛弃意见，你将得救。那么谁能阻止你这样做呢？

## 26

当你因为某些事苦恼时，你忘记了这一点，所有事都是按照宇宙的本性发生的；你还忘记了，一个人的邪恶行为接触不到你；你还忘记了，现在发生的一切如此发生，将来也如此发生，现在也在各个地方如此发生；你还忘记了，一个人和整个人类之间的亲缘关系是多么紧密，因为这是一种共有，不是一点点血或种子的共有，而是理智的共有；你还忘记了，每个人的理智都是一个神，都是神性的一种流溢；你还忘记了，没有什么东西是人自己的，他的孩子、他的身体以至他的灵魂都是来自神的；你也忘记了，一切都在于意见；最后你还忘记了，每个人都仅仅生活在现在，丧失的也只是现在。

## 27

不断地回忆那些经常诉苦的人，那些由于最大的名声或最大的不幸或仇恨，或任何一种最大幸运而非常引人注目的人，然后想想他们现在到哪里去了呢？他们已化为尘土和传说，甚至连传说也够不上。让这一类事情也都出现在你的心里：曾住在乡村别墅的法比阿斯·卡特利卢斯现在怎样了，在自己花园里的卢修斯·卢柏斯、在拜依阿的斯德丁尼阿斯、在卡帕里的第比留斯[I]和维留斯·鲁弗斯（或维利亚的鲁弗斯）现在怎么样了。若好好想想对所有人引以为傲的事物的热烈追求，人们竭力追逐的一切是多么无价值啊，而对一个人来说，在提供给他的机会中展示出自己的正直、节制、对神的忠诚，并且非常朴实地这样做是多么贤明啊！而为最不值得骄傲的事情骄傲则是所有事情中最难堪的。

◎第比留斯，罗马帝国第二任皇帝，公元14年—37年在位

---

I 第比留斯·克劳狄乌斯·尼禄（Tiberius Claudius Nero，前42年11月16日—37年3月16日），罗马帝国的第二任皇帝，后因宫廷斗争隐退卡帕里岛，最后在岛上病逝。

## 28

有些人问：你在哪儿见过神？或你怎么知道他们存在并如此崇拜他们呢？对于他们，我回答说，首先，他们甚至可以用肉眼看见[1]；其次，我甚至没见过我自己的灵魂，但还是尊重它。那么对于神，我是从我对他们力量的不断体验中领悟到他们存在并崇拜他们的。

## 29

生命的保障在于：彻底地考察一切事物，它本身是什么，它的质料是什么，它的形式是什么；以你的全部灵魂去行正义，诵真理。我们除了通过把一件好事跟另一件好事联系起来，以至中间不留下哪怕最小的空隙来享受生命之外，还有什么别的办法呢？

## 30

有一束阳光，虽然它被墙壁、山峰和别的无数东西隔断；有一个共同的实体，虽然它分布在无数的本性和个别的限制物（或个体）之中；有一种理智的灵魂，虽然它看来也被划分了；那么，

---

1 这或许可归因于斯多亚派的这一信念：宇宙是一个神或一个活的存在；天体是诸神。——译者注

在刚刚提到的这些事物中，别的所有部分——像那些大气的和物质的部分——是没有感觉没有情谊的，但理性本原甚至把这些部分也结合到一起，吸引为同一。至于理智，则是以一种特殊的方式趋向它的同类的，它与之结合，这种相通的感情是割不断的。

## 31

你希望什么？继续存在吗？好，你希望有感觉吗？希望有运动和生长？然后再停止生长？希望谈话？思考？所有这些事情在你看来有什么值得追求呢？但如果低估所有这些事物的价值是容易的，转向剩下的事情，那就是遵从理性和神。但因上述事情苦恼是与尊重理性和神不一致的，因为死亡将从一个人那里夺走别的东西。

## 32

分给每个人的是无尽的、不可测的时间中多么少的一部分！它立刻就被永恒吞噬了。还有，分给每个人的是整个实体多么小的一部分！是普遍灵魂的多么小的一部分！你匍匐在上面的是整个大地多么小的一块土壤！想到这一切，就要认定：除了按照你的本性引导你的去做，以及忍受共同本性带给你的东西之外，就没有伟大的事情了。

## 33

支配的能力是怎样运用自身的呢？因为一切都基于此。而其他的一切，不管在不在你意志力的范围之内，都只是死灰和烟尘。

## 34

这种思考最适于使我们蔑视死亡，甚至那些认为快乐是善、痛苦是恶的人也曾蔑视过它。

## 35

一个人，如果对于他只有在适当时机来临的才是善，他做出较多或较少的合乎正确理性的行为对他乃是同样的，他有较长或较短时间来沉思这个世界对他亦没有什么不同——那么，对这个人来说，死亡也就不是一件可怕的事情了。

## 36

人啊，你一直是这个伟大国家（世界）里的一个公民，五年（或三年）对你有什么不同呢？因为与法相合的事情对一切都是公正的。如果没有暴君也没有不公正的法官把你从国家中打发走，把你打发走的只是送你进来的自然，那么这又有什么困苦可言呢？这正像一个执法官曾雇用一名演员，现在把他辞退让他离开舞台一样。——“可是我还没有演完五幕，只演了三幕。”——你说得对，但是在人生中三幕就是全剧，因为怎样才是一出完整的戏剧，取决于那个先前曾是构成这个戏的原因，现在又是解散这出戏的原因的人，可是你两方面的原因都不是。那么满足地退场吧，因为那解除你职责的人也是满足的。

# “博集典藏馆”书目

001《爱的教育》

002《飞鸟集·新月集》

003《假如给我三天光明》

004《再别康桥·人间四月天》

005《朝花夕拾》

006《落花生》

007《背影》

008《伊索寓言》

009《呼兰河传》

010《雾都孤儿》

011《春风沉醉的晚上》

012《春醪集》

013《城南旧事》

014《少年维特的烦恼》

015《绿野仙踪》

016《名人传》

017《猎人笔记》

018《格列佛游记》

019《鲁滨孙漂流记》

020《哈姆雷特》

021《十四行诗》

022《最后一课》

023《缀网劳蛛》

024《子夜》

025《汤姆·索亚历险记》

026《格兰特船长的儿女》

027《海底两万里》

028《神秘岛》

029《羊脂球》

030《小王子》

031《古希腊罗马神话》

032《一千零一夜》

033《瓦尔登湖》

034《钢铁是怎样炼成的》

035《巴黎圣母院》

036《红与黑》

037《八十天环游地球》

038《呐喊》

039《野草》

040《茶花女》

041《林家铺子》

042《复活》

043《基督山伯爵》（全2册）

044《童年·在人间·我的大学》

045《安妮日记》

046《培根人生论》

047《机器岛》

048《格林童话》

049《安徒生童话》

050《麦琪的礼物》

051《木偶奇遇记》

052《圣经故事》

053《堂吉诃德》（全2册）

054《简·爱》

055《呼啸山庄》

056《安娜·卡列尼娜》

057《包法利夫人》

058《哈克贝利·费恩历险记》

059《淘气包日记》

060《从地球到月球》

061《环月飞行》

062《气球上的五星期》

063《地心游记》

064《傲慢与偏见》

065《变色龙：契诃夫短篇小说精选》

066《吉檀迦利》

067《寄小读者》

068《秘密花园》

069《老人与海》

070《先知·沙与沫》

071《繁星·春水》

072《园丁集》

073《小桔灯》

074《森林报》（全2册）

075《热爱生命·野性的呼唤》

076《绿山墙的安妮》

077《局外人》

078《吹牛大王历险记》

079《老舍儿童文学作品选·小说卷》

080《爱丽丝漫游奇境记》

081《柳林风声》

082《大林和小林》

083《彷徨》

084《宝葫芦的秘密·秃秃大王》

085《湘行散记：沈从文散文菁华》

086《边城：沈从文小说菁华》

087《雷雨·日出：曹禺作品菁华集》

088《稻草人：叶圣陶作品菁华集》

089《老舍儿童文学作品选·散文卷》

090《昆虫记》

091《了不起的盖茨比》

092《小飞侠彼得·潘》

093《尼尔斯骑鹅旅行记》（全2册）

094《大卫·科波菲尔》（全2册）

095《月牙儿·我这一辈子：老舍短篇小说选》

096《百万英镑》

097《双城记》

098《神曲·地狱篇》

099《神曲·炼狱篇》

100《神曲·天堂篇》

101《女神：郭沫若作品菁华集》

102《汤姆叔叔的小屋》

103《罗密欧与朱丽叶》

104《忏悔录》（全2册）

105《青鸟》

106《嘉莉妹妹》

107《珍妮姑娘》

108《美国悲剧》（上、下）

109《恶之花：波德莱尔作品菁华集》

110《欧也妮·葛朗台》

111《露着衬衫角的小蚂蚁》

112《高老头》

113《一个陌生女人的来信：茨威格小说菁华集》

114《爱的教育2》

115《浮士德》（全2册）

116《金银岛》

117《小鹿斑比》

118《飘》（全3册）

119《兔子坡》

120《长腿叔叔》

121《神笔马良：洪讯涛作品集》（全2册）

122《银河铁道之夜：宫泽贤治作品菁华集》（全2册）

123《谈美书简：朱光潜作品集1》

124《谈修养：朱光潜作品集2》

125《沉思录》

126《纳尼亚传奇》（全3册）